MILAN KUNDERA
LA LENTEUR

米蘭·昆德拉

緩慢

尉遲秀——————譯

1

突然很想找個城堡，在裡頭用餐，過夜。在法國，很多城堡都變成了旅館——那是迷失在大片沒有綠意的醜陋土地上的一方綠地；那是在巨大的公路網上，由林蔭道、樹木和鳥兒構築的一小塊化外之地。我開著車，從照後鏡裡看到一輛車跟在後頭，左邊的小燈閃個不停，整輛車散發著一股不耐的氣息。開車的人一直在找機會要超我的車；他等著那一刻，彷彿老鷹窺伺著一隻麻雀。

我的妻子薇拉對我說：「在法國，每五十分鐘就有一個人死在公路上。看看這些人，看看在我們四周開車的這些瘋子。就是同樣這批人，看到有人當街搶劫老太太的時候都會緊張兮兮，小心得不得了，怎麼一握上方向盤就什麼都不怕了呢？」

這問題該如何回答？或許可以這麼說：俯身在摩托車上的人，他的心神只能專注於飛行當下的那一秒鐘；他緊扣這一瞬間，割離過去，也割離未來；他從時間的連續性之中抽離出來；他在時間之外；換句話說，他處於狂迷的狀態；在這個狀態下，他完全忘了他的年紀，忘了他的妻子，忘了他的孩子，忘了他的煩憂，所以，他不會恐懼，因為恐懼的源頭在未來，一個擺脫未來束縛的人，根本沒什麼好怕的。

速度這種狂迷的形式，是技術革命送給人類的禮物。跑步的人與摩托車騎士全然不同，他始終存在自己的身體之中，所以不得不時時刻刻想到腳上的水泡，想到自己氣喘吁吁；跑步的時候，他感覺到自己的體重，自己的年紀，他比任何時候都更清楚地意識到自己，意識到屬於他生命的時間。當人把速度的能力交付給一台機器之後，一切都變了，從此，他自己的身體就出局了，他投身於一種非身體性、非物質性的速度，那是一種純粹的速度，為自身而存在的速度，狂迷的速度。

奇怪的結合：技術的冰冷無人性與狂迷的火焰。我想起三十年前遇到的那個美國女人，她的表情嚴厲而積極，像是情色黨部派來的政工幹部，她給我上了關於性解放的一堂課（只有冷冰冰的理論）。在她的演說中最常重複的就是「性高潮」這個字眼；我算過，一共是四十三次。性高潮的崇拜：清教徒的功利主義投射在性生活；要功效，不要悠閒。性交被化約為障礙，必須盡快超越，才能達到心醉神迷的爆發，這才是性愛和宇宙唯一真正的目的。

緩慢的樂趣為什麼消失了？噢，從前那些閒晃的人都到哪兒去了？民歌裡那些遊手好閒的主人翁到哪兒去了？那些以日月星辰為家，從一個磨坊晃蕩到另一個磨坊的漫遊者，他們到哪兒去了？他們和鄉間小路，和草原，和樹林裡的隙地，和大自然一起消失了嗎？有一句捷克諺語用了一個隱喻來定義這種悠閒的甜美感覺：他們凝望著上帝的窗口。凝望上帝窗口的人不會無聊；他們都很幸福。在我們的世界裡，悠閒成了無所事事，這就完全是另一回事了——無所事事的人是挫折的，是無聊的，他們永遠在沒事找事。

我看著照後鏡，還是同樣那輛車，因為對面的車道一直有車開過來，害他沒辦法超車。開車的人旁邊坐著一個女人；為什麼這男人不跟她說一些有趣的事？為什麼他不把手放在她的大腿上？他不做這些事，反而在咒罵前面的人開得不夠快，而那個女人也沒想去摸摸開車的男人，她在心裡和那男人一起開車，也一起在咒罵我。

於是我想起另一段從巴黎前往一座鄉間城堡的旅程，那是發生在兩百年前，T夫人在一位年輕騎士陪伴下進行的一段旅程。他們兩人第一次如此貼近對方，那無法言喻的肉慾氣息正是因為緩慢的節奏而生——華麗的四輪馬車晃晃蕩蕩，兩個身體互相碰觸，先是無意識，然後是有意識，接著是他們的故事。

2

這是維旺・德農（Vivant Denon）的中篇小說，故事說的是一個二十歲的貴族有一天晚上去了劇院（書裡沒提到他的名字，也沒提到他的爵位或封號，但我想像他是個騎士），他看見隔壁的包廂有一位貴婦（小說只告訴我們她的姓氏的第一個字母：Ｔ夫人）；這位貴婦是伯爵夫人的朋友，而年輕的騎士則是伯爵夫人的情人。貴婦要騎士看完戲之後送她回去。騎士因為Ｔ夫人果決的態度感到驚訝，更因為他也認識Ｔ夫人的情郎而不知如何是好（那是某位侯爵，我們不會知道他的名字；我們進入了秘密的國度，那裡沒有名字），他完全搞不懂是怎麼回事就上了馬車，坐在美麗貴婦人的身旁。一段甜美怡人的旅程之後，馬車來到鄉間，在城堡的台階前面停了下來，Ｔ夫人的丈夫陰沉著一張臉在城堡裡接待他們。三人在沉默陰鬱的氣氛裡用了晚餐，然後這位丈夫起身告退，留下兩人獨處。

他們的夜晚從此刻開始——這一夜有如三部曲，這一夜就像分成三階段的行程——開始的時候，他們在大花園裡散步；接下來，他們在亭子裡做愛；最後，他們在城堡的密室裡繼續做愛。

清晨，他們分手了。騎士在迷宮般的廊道裡找不到他的房間，於是走回花園，他很驚訝，T夫人的侯爵情郎竟然在那裡。侯爵剛到城堡，他很愉快地跟騎士打了招呼，並且告訴他T夫人神秘的邀約所為何來——她想要使一記障眼法，好讓她的丈夫不會對侯爵起疑。這場成功的騙局讓侯爵很開心，而騎士則是被迫演出假情人，順利完成了這項極其可笑的任務，還被侯爵揶揄了一番。騎士拖著纏綿一夜的疲憊身軀，坐上侯爵為了報答他而準備的馬車，返回巴黎。

這部小說名為《沒有明天》（*Point de lendemain*），第一次出版的時間是一七七七年；取代作者名字的（由於我們在秘密的國度裡）是六個謎樣的大寫字母，M. D. G. O. D. R.，我們可以解讀為：「M. Denon, Gentilhomme Ordinaire du Roi.（德農先生，御前侍衛）」。後來，在一七七九年，又以完全匿名的方式再出版了一次，印了少少的幾冊，第二年，又以另一個作家的名字重新出現。種種不同的新版本在一八〇二年到一八一二年之間陸續問世，始終沒有作者的真名；最後，歷經半世紀的遺忘，這部中篇小說在一八六六年又出現了。從此，這本書歸到維旺．德農的名下，而且在我們這個世紀裡，這部小說得到的榮光始終有增無減。今天，這部小說堪稱最能代表十八世紀藝術與精神的文學作品之一。

3

在日常生活的語言裡，享樂主義的概念意謂的是一種不道德的傾向，它追求的就算不是墮落的生活，也是逸樂的生活。當然，這說法並不確切。伊比鳩魯（Epicure）——第一位偉大的享樂理論家——他用一種極其弔詭的方式來理解至福的生命：不受苦的人就會感受到快樂。所以，享樂主義的概念其實建築在痛苦之上：只要可以避開痛苦，我們就會快樂；而由於享樂本身帶有的不幸經常多過快樂，所以伊比鳩魯只推崇謹慎而節制的享樂。伊比鳩魯學派的智慧背後有一種深層的憂鬱：人被拋擲在這個悲慘的世界裡，人所發現的唯一明確價值就是享樂，不論多麼微不足道，這快樂總是人可以自己感受到的——喝一口清涼的水，看一眼天空（望著上帝的窗口），一次輕輕的撫觸。

不論節制與否，快樂只屬於感受到的那個人，因此哲學家大可理直氣壯地指責享樂主義的基礎是自私的。然而，依我看來，享樂主義的罩門並不是自私，而是它那要命的烏托邦性格（噢，我真希望自己是錯的！）——其實，我懷疑享樂主義的理想是否真能實現；我只怕他們推崇的生活與人類的天性並不相容啊。

十八世紀的藝術，讓享樂從道德禁忌的迷霧之中走了出來；十八世紀催生了我們稱之為放蕩的態度，這態度來自福拉哥納爾（Fragonard）、華鐸（Watteau）的畫作，來自薩德（Sade）、小克雷畢雍（Crébillon fils）、莒克羅（Duclos）的文字。我的年輕朋友樊生之所以喜愛這個世紀，為的就是這個，如果可能的話，他會把薩德侯爵的側面頭像做成徽章別在衣領。我也和他一樣仰慕這個世紀，但是我要補充一點（儘管沒有人理我），這種藝術的真正偉大之處並不在於它如何宣揚享樂主義，而在於它對享樂主義的分析。這就是為什麼我堅持認為拉克羅（Choderlos de Laclos）的《危險關係》（*Les Liaisons dangereuses*）是有史以來最偉大的小說之一。

他筆下的人物什麼事都不關心，成天只想著如何尋歡作樂。然而，讀者慢慢就會明白，尋歡比起作樂更讓他們動心。引導這整齣戲的，不是享樂的欲望，而是勝利的欲望。故事最初看起來像一場歡樂而淫蕩的遊戲，後來卻無聲無息無可避免地轉化成一場非生即死的鬥爭。可是鬥爭，這檔事跟享樂主義有何共通之處？伊比鳩魯寫道：「智者不涉入任何與鬥爭有關的事。」

《危險關係》的書信體不是一個單純的技術性的手法，我們無法以其他手法取代它。這種形式本身就很有說服力，它告訴我們這些人物所經歷的一切，這一切都是他們經歷之後才說出來的，他們把故事稍做變化，告訴別人，向人告白，他們把故事寫出來。在一個什麼事都可以告訴人的世界裡，最容易取得、殺傷力又最強的武器就是洩密。小說的主角沃勒孟（Valmont）寫了一封絕交信給他勾引過的一個女人，這封信毀了這個女人；然而，這信卻是他的女友梅赫特爾侯爵夫人（Marquise de Merteuil）逐字唸給他寫下來的。後來，同樣這位梅赫特爾侯爵夫人為了報復，把沃勒孟的一封私密信函拿給他的情敵看；他的情敵要求和他決鬥，沃勒孟死於決鬥中。死後，他和梅赫特爾侯爵夫人往來的私人書信洩漏了出去，侯爵夫人因此被人圍剿、唾棄，在眾人的輕蔑中結束了她的一生。

這部小說裡，沒有只屬於兩個人的秘密；所有人彷彿都在一只音效清晰的大海螺裡，每一句悄悄話都在裡頭迴響，放大，變成永無止境的無數回音。小時候，有人告訴我，只要把一只貝殼放在耳邊，就會聽到大海來自遠古的絲絲細語。在拉克羅的世界裡，每一句說出口的話都永遠清晰可聞，就是這個道理。這就是十八世紀麼？這就是享樂的天堂麼？或者，人類在不知情的狀況下，始終生活在這種共鳴的海螺裡？然而無論如何，共鳴的海螺不會是伊比鳩魯的世界，他給門徒的律令是：「隱蔽度日！」

4

旅館大堂的接待人員很親切，比一般的接待人員都親切。他還記得我們兩年前來過，他告訴我們這裡有很多東西都跟當時不一樣了。他們規劃出一個多功能的會議廳，還建了一個漂亮的游泳池。我們很好奇，想要看看，於是穿過明亮的大廳，看到幾扇開向外頭大花園的落地窗，大廳的盡頭，沿著寬闊的樓梯往下走就是游泳池，池子很氣派，鋪著磁磚，上頭覆著玻璃屋頂。薇拉提醒我：「從前這裡有一個小小的玫瑰花園。」

我們在房裡把行李安置好，然後走到城堡的大花園。草坪往河的方向延伸，過去就是塞納河了。景致真是美好，我們讚嘆著，滿心渴望悠長的漫步。走了幾分鐘，一條公路出現在眼前，汽車在上頭穿梭；我們於是往回走了。

晚餐很豐盛，所有人都穿得很正式，彷彿要向過去的時光致敬，彷彿過去的回憶還在餐廳的天花板上顫晃著。我們旁邊坐的是一對夫婦帶著兩個小孩，其中一個在大聲唱歌。侍者端著一只托盤傾身倚在他們桌上，母親猛盯著他，希望能讓他說出一句讚美的話——那孩子被人看得很得意，站在椅子上，越唱越大聲。父親的臉上浮現一抹幸福的微笑。

波爾多的美酒，鴨肉，加上這家旅館的招牌甜點，我們聊天，吃得飽飽的，渾然無憂。回到房裡，我打開電視機，電視上又是一些小孩。不過這次的小孩是黑人，而且奄奄一息。我們在城堡住宿的那天，剛好那陣子一連好幾星期每天都有人告訴你，有個非洲國家的孩童受到內戰與饑荒的蹂躪，國家的名字我已經想不起來了。（這事發生在兩、三年前，誰會記得那個國家的名字！）那些孩子都很瘦，氣息奄奄，虛弱到沒有力氣揮揮手，把臉上飛來飛去的蒼蠅趕跑。

薇拉問我：「這個國家也有老人死掉嗎？」

沒有，沒有，這場饑荒之所以這麼讓人感興趣，之所以成為地球上幾百萬次饑荒裡最獨特的一次，就是因為這場饑荒只奪走小孩的生命。我們為了搞清楚這個前所未見的情況，特地每天都看新聞，但是在螢幕上就是看不到半個大人在挨餓。

所以，孩子們當然會憤而挺身對抗這種老人的殘酷，他們自動自發地推動了這個著名的活動「歐洲的孩子送米給索馬利亞的孩子」，這個活動的發起人都是孩子而不是大人，這種事是再正常不過的。索馬利亞！沒錯，就是了！這個著名的標語讓我找回了遺忘的國名！啊，多麼令人遺憾，這些事已經沒人記得了！他們買了一袋袋的米，數也數不清。做父母的，被自己孩子四海一家的情懷所感動，也捐了錢，所有機關團體也都伸出援手；米就募集在學校裡，再運到港口，裝上駛向非洲的船隻，所有人都見證了這首屬於米的光榮史詩。

緊接在奄奄一息的孩子之後，幾個六、七歲的小女孩占滿了螢幕，她們的打扮像成人，舉手投足是風情萬種的老女人，噢，小孩學大人動作的時候真是可愛，真是動人，真是好笑，小女孩和小男孩親著嘴，後來又出現了一個男人，手裡抱著一個奶娃，跟我們解釋該用什麼最好的方法把他的小嬰兒剛剛弄髒的衣服洗乾淨，這時一個美麗的女人走到他身邊，嘴唇微微張開，吐出淫蕩得要命的舌頭，伸進抱著奶娃的男人那張憨得要命的嘴裡。

「該睡了吧。」薇拉說著就把電視關了。

5

法國小孩為了援助他們的非洲小朋友而奔走，這些孩子總是讓我想起知識分子貝爾柯的臉。那個年頭是貝爾柯的光榮日子。一如大部分的光榮故事，他的故事也是被一次失敗激起的：大家都記得吧，在我們這個世紀的八〇年代，我們的世界遭到一種名為「愛滋」的傳染病侵襲，這種病在性愛的接觸之中傳播，最初在同性戀之間尤為肆虐。心地寬容的人們為了對抗那些過激分子（那些人把愛滋病看作神譴，是罪有應得，那些人把愛滋病看成黑死病，避之唯恐不及），為了向愛滋病患展現他們的博愛，並且試圖證明，跟這些病患來往並沒有任何危險。於是國會議員杜貝爾克和知識分子貝爾柯在巴黎一家著名的餐廳與一群愛滋病患共進午餐。用餐的氣氛美好極了，而為了不要錯失任何提供正確示範的機會，國會議員杜貝爾克早已邀請所有記者帶著攝影機在餐後的甜點時刻來採訪。攝影機一出現在門口，杜貝爾克就站了起來，走到一個患者身旁，把他從椅子上拉起來，對著他還塞滿巧克力慕斯的嘴巴吻下去。貝爾柯被這一招打得措手不及。他立刻意識到，一旦被拍了照、攝了影，杜貝爾克這個偉大的吻就會成為不朽；他站了起來，思忖著自己是不是也該去找一個愛滋病患來吻一下。在他反覆思索的第一階段，他排除了這個念頭，因為在他心底，接觸病患的嘴是不是真的不會感染，他沒有十足的把握。下一個階段，他又決定要克服自己的審慎，他判定該為親吻病患讓人拍照而冒這個險。但是到了第三階段，有個想法阻止他奔向愛滋病患的嘴，他想到：如果他也去親吻病患，他並不會因此與杜貝爾克平起平坐，相反的，他會被貶為杜貝爾克的模仿者，追隨者，甚至被貶為他的奴才，這樣匆匆忙忙的模仿，只會給別人錦上添花。所以，他只是站在那裡，傻乎乎地露出微笑。可是這幾秒鐘的遲疑卻讓他付出了昂貴的代價，因為攝影機在那裡，全法國的人都在電視新聞裡讀到他臉上尷尬的三個階段，並且訕笑他。孩子們為索馬利亞募集一袋袋的米，這個事件剛好幫上他的忙，他藉機向公眾拋出這句美麗的格言：「唯有孩子生活在真理之中！」然後他動身前往非洲，在一個氣息奄奄，臉上都是蒼蠅的黑人女孩身邊拍了照。這照片舉世聞名，比杜貝爾克親吻愛滋病患的照片更出名，因為垂死的孩子比垂死的大人價值更高，只是杜貝爾克當時還不明白這個淺顯的道理。不過他也沒認輸，幾天之後，他出現在電視上；他自己是虔誠的天主教徒，他知道貝爾柯不信神，這讓他想到一個點子，就是跟貝爾柯一起拿著蠟燭祈福。在蠟燭這種武器面前，不論多頑固的無神論者都得低頭；記者採訪他的時候，他從口袋裡拿出蠟燭，點著它。他不懷好意地想著如何讓人們質疑貝爾柯關心的都是別的國家，他談起我們國內、我們村子裡、我們郊區的貧苦孩童，他邀請同胞們一起上街，每人手拿一支蠟燭，來一次橫越巴黎的大遊行，象徵我們與受苦的孩子站在一起；這個活動，他指名道姓地邀請貝爾柯和他並肩站在遊行隊伍的前頭（他在心裡暗自偷笑）。貝爾柯得作出選擇：要嘛拿根蠟燭一起參加遊行，像是杜貝爾克唱詩班的小孩，要嘛偷偷溜走，然後成為眾矢之的。得出個險招才能逃離這陷阱——他決定立刻找個亞洲國家飛過去，那裡的人民正在暴動，他要用嘹喨的聲音吶喊，聲援那些被壓迫的人民。唉，貝爾柯的地理成績一向不好，世界對他來說分成兩個部分：一邊是法國，一邊是些模模糊糊的鄉下地方構成的「非法國」，他永遠也搞不清哪裡是哪裡；於是他飛到一個平靜得讓人發慌的國家，機場蓋在山裡，交通不便又冷颼颼。他在那裡耗了八天才等到下一班飛機，載著又餓又病的他回到巴黎。

「貝爾柯是舞者的烈士之王。」彭特凡下了這樣的評語。

舞者的概念只有彭特凡的一小圈朋友知道，這是他的偉大創見，人們或許會覺得可惜，因為他從來不曾將這概念在一本書裡好好發揮，也從來不曾在國際性的研討會上發表。但是他根本就不在乎名氣這回事，而他越是這樣，朋友們越是聽得津津有味。

6

依照彭特凡的說法，今天所有的政治人物都有一點舞者性格，而所有的舞者也都帶著點政治味，但是這兩種人我們不會弄錯。舞者與一般政治人物的不同之處在於前者渴望的不是權力，而是光榮；舞者渴望的不是要把一個什麼樣的政治組織強加給這個世界（這種事他毫不掛心），而是要占據舞台，讓他的自我發光。

要占據舞台，就得把別人擠下去，這就得要有某種特殊的戰技了。舞者的戰鬥，彭特凡稱之為道德柔道。舞者向全世界下戰帖：有誰能比他表現得更道德（更勇敢，更誠實，更真心，更願意犧牲奉獻，更實話實說）？他會使出渾身解數，讓別人在道德上居於劣勢。

如果一個舞者有機會參與政治遊戲，他會毫不掩飾地拒絕一切秘密協商（這一直都是真正的政治遊戲進行之地），他會揭發這些協商，說這些協商都在扯謊，都不誠實，都很虛偽，都很骯髒；他會公開提出自己的提議，在台上，唱著，跳著，他會指名道姓呼籲別人跟他一起行動。我要強調一點：舞者不會低調行事（他不會讓別人有時間可以考慮，可以討價還價），他會公開行事，有可能的話，他還要讓別人嚇一跳：「您是否願意立刻（跟我一樣）放棄您三月份的薪水，把它捐給索馬利亞的孩子？」人們不只嚇一跳，而且只有兩條路可走：要嘛拒絕，然後讓自己變成孩子的敵人，名譽掃地，要嘛無比尷尬地說「好」。怕的是攝影機不懷好意地把自己的影像展示出去，像可憐的貝爾柯那樣，在和愛滋病患共進午餐的甜點時刻，被攝影機拍下了他的遲疑。「H大夫，人權在您的國家遭到踐踏，您為何保持沉默？」有人問了H大夫這個問題，那時他正在給病人動手術，沒辦法回答。等他縫合了病人肚子上的開口，他為自己方才不發一語感到非常可恥，於是滔滔不絕地說了人家想聽他說的一切，人家沒要他說的他也說了。這時，先前義正辭嚴教訓他的舞者才鬆了口（這又是另一招特別厲害的道德柔道）說道：「終於，雖然晚了點……」

在某些情況下（譬如在獨裁社會裡），公開宣稱自己的立場有可能會給自己帶來危險；然而對舞者來說，危險的程度卻比一般人低一些，因為舞者在聚光燈照射下走來走去，所有人都看得到他，世人的注意力保護著他。但是他還有一些無名的崇拜者，聽從他華麗而不假思索的號召，在請願書上簽了名，參加了違法的集會，在街頭示威；這些人會遭到粗暴的對待，舞者卻永遠不會心軟而自責，怪自己造成他們的不幸，舞者知道，高尚的行動比起某甲或某乙的生命重要得多。

樊生反駁彭特凡說：「大家都知道你很討厭貝爾柯，而我們也都同意你的看法。然而，就算這傢伙是個白痴，他畢竟也支持過一些我們都覺得正當的行動，或者，你要這麼說的話也可以：支持這些行動的是他的虛榮心。我請問你：如果你要介入一場公眾衝突，你要引起大家對一件敗行劣跡的注意，你要幫助一個受迫害者，在這個時代，你有什麼辦法可以不當或是不像舞者呢？」

莫測高深的彭特凡對這問題的回答是：「如果你以為我想攻擊那些舞者，那你就錯了。我是在為他們辯護啊。誰要是覺得舞者很討厭，誰要是想毀謗舞者，都會碰到一個無法跨越的障礙，那就是舞者的誠實；因為舞者時時刻刻都把自己公開展示在公眾眼前，他不得不讓自己變得無可指摘。舞者不像浮士德那樣和魔鬼訂立契約，他訂約的對象是天使——他要讓自己的生命變成一件藝術品，而天使會在這個工程上幫助他；因為，別忘了，舞蹈也是一種藝術！舞者的執念是把自己的生命看成藝術品的材料，而舞者真正的本質就在這個執念當中；他不是在宣傳道德，而是拿道德當他的舞碼！他想用他的生命之美去感動、眩惑世人！他愛上自己的生命就像雕塑家愛上他正在形塑的雕像。」

7

我心想，彭特凡為什麼不把這麼有意思的理論公諸於世？他這個歷史博士在國家圖書館的辦公室裡反正也沒什麼事要做。難道他一點也不在乎別人知不知道他的理論？說他不在乎其實還不夠，這種事他光是想到就害怕。一個人把自己的想法公諸於世，就有可能會以他的真理說服別人、影響別人，於是他的角色會變成一個渴望改變世界的人。改變世界！對彭特凡來說，這念頭太可怕了！不是說世界現在這個樣子有多可愛，而是因為一切改變都無可避免地會導致更糟的結果。另一個原因是，自私一點來看，所有公諸於世的想法早晚都會回頭反咬這個提出想法的人，而發想的樂趣也會因此被沒收充公。而且彭特凡是伊比鳩魯的偉大信徒，他發明並且發展這些想法只是為了讓自己開心。他並沒有看輕人類，那是他歡樂而狡黠的想法取之不盡的泉源，但是他一點也不想和人類的關係太過親近。他有一幫朋友圍繞在身邊，他們總是聚在加斯科尼咖啡館。對他來說，這個小小的人類樣本已經足夠。

在這些朋友當中，樊生是最純真也最讓人感動的。我對他最有好感，我只怪他（我得承認，我是有一點嫉妒）對彭特凡的崇拜太不成熟了，在我看來甚至有點過分。不過就算這樣，他們之間的友誼還是有其動人之處。由於他們談的是一大堆樊生感興趣的主題：哲學、政治、各式各樣的書籍，樊生和彭特凡單獨在一起的時候很快樂；他有無數奇怪和挑釁的想法，而彭特凡也很感興趣，他幫他的門徒糾正錯誤，啟發他，鼓勵他。但是只要來了第三個人，樊生就要不開心了，因為彭特凡立刻就變了——他說話的聲音變大，變得很好玩，對樊生來說，甚至太過頭了。

譬如，他們兩人單獨在咖啡館裡，樊生問彭特凡：「索馬利亞發生的事，你真正的看法是什麼？」彭特凡耐心地給他上了一整堂關於非洲的課。樊生提出不同的見解，兩人討論著，或許也開開玩笑，但這玩笑不是要炫耀，只是在一段極其嚴肅的對話裡，讓自己輕鬆一下。

這時馬許帶著一個美麗的陌生女子來了。樊生想繼續剛才的對話，他說：「可是，彭特凡，我想知道，難道你不覺得你這麼說是錯的……」樊生發表了一段論述，反對他朋友的理論。

彭特凡停頓了很久。他是漫長停頓的大師，他知道只有害羞的人才害怕停頓，害羞的人不知如何回應，才會說話慌慌張張，一副不好意思的樣子，把自己弄得很可笑。彭特凡深諳緘默之道，他不說話的威力無遠弗屆，連天邊的銀河都感受到他沉默的威力，迫不及待地等著要聽他回應。他一句話也沒說，只是看著樊生，不知道為什麼，樊生靦腆地低下頭，接著，他轉頭看那女人，然後，又把頭轉回來面對樊生，沉著雙眼裝出憂心忡忡的模樣說：「你在女士面前還堅持這麼華而不實的想法，這證明你性慾衰退，令人擔心哪。」

馬許的臉上浮現了他的招牌傻笑，美麗的女士打量著樊生，眼裡是她高貴的同情和她被逗樂的神情，而樊生則是滿臉通紅；他受傷了——一分鐘前還在專心聆聽的朋友，一下子變成另一個人，只為了讓一個女人仰慕他，她隨時可以讓他陷入窘境。

後來，其他朋友也到了，大家都找位子坐下，聊了起來。馬許說著些好玩的事，古賈則是在那裡掉書袋，發表一些瑣碎之味的評論賣弄他的博學；幾個女人忍著笑。彭特凡保持沉默；他等著，等到他的沉默足夠成熟了，他才開口：「我的女朋友總想要我做一點什麼粗魯的事。」

老天，他這話說得真是要得，連隔壁桌的人都閉上了嘴，靜靜聽他說話；笑聲在空氣中輕顫，迫不及待。他的女朋友要他做一點粗魯的事，這有什麼好笑？這一切都是聲音的魔法，樊生不由得心生妒意，想到自己的聲音和彭特凡相比，就像可憐兮兮的短笛不自量力地要跟大提琴一爭高下。彭特凡說話悠悠緩緩，從來不用力，可是聲音卻可以充滿整個咖啡館，世上的其他聲響都因此沉寂。

他繼續說下去：「粗魯的事……可是我做不到啊！我粗魯不來呀！我太細緻了！」

笑聲依然在空氣中輕顫，為了感受這輕顫，彭特凡停頓了一下。然後他接著說：「有一個年輕的打字小姐有時會來家裡幫我打字。有一天，就在我一邊唸，她一邊打的時候，突然間，我滿腦子只想到一件事，我抓住她的頭髮，把她從椅子上拉起來，打算把她拖到床上。拖到一半，我鬆開手，哈哈大笑：『噢，我弄錯了，要我粗魯的人不是您。噢，請原諒我，小姐！』」

整個咖啡館的人都笑了，連樊生也笑了，他又再次喜歡他的大師了。

8

不過，第二天，他還是用責備的語氣對他說：「彭特凡，你不只是舞者的理論大師，你自己就是個大舞者。」

彭特凡（有點尷尬地）：「你把這些概念搞混了。」

樊生：「你和我，我們在一起的時候，只要有人加入我們，我們所在之處就會瞬間劃成兩區，我跟新來的那個人在觀眾席，而你呢，你在舞台上跳舞。」

彭特凡：「我就說你把這些概念搞混了。舞者這個說法只能用在公眾生活的暴露狂身上。可是公眾生活，我恨透了。」

樊生：「昨天，你在那個女人面前的表現，跟貝爾柯在攝影機前的表現沒有兩樣。你想讓她把注意力都放在你身上。你想當最棒、最風趣的人。而且，你還對我使出暴露狂的柔道裡最低級的招式。」

彭特凡：「我用的或許是暴露狂的柔道，不過那不是道德柔道！而你卻把我封為舞者，你錯就錯在這裡。因為舞者想要比其他人更有道德，可是我呢，我想讓人覺得我比你不道德。」

樊生：「舞者想比別人看起來道德，是因為他廣大的觀眾很天真，會認為那些道德的舉動很美。可是我們為數不多的觀眾很變態，他們喜歡不道德的東西。所以你對我用的是敗德柔道，而這跟你的舞者本質一點也不矛盾。」

彭特凡（突然換了另一種語調，非常誠摯地）：「如果我傷害了你，樊生，請原諒我。」

樊生（立刻被彭特凡的道歉打動）：「我沒怎麼樣，我知道你在開玩笑。」

這些人聚在加斯科尼咖啡館並非偶然。在他們的主保聖人當中，

《三劍客》的火槍隊長達達尼昂是最偉大的一個，他是掌管友誼的主保聖人，而友誼，正是他們唯一覺得神聖的價值。達達尼昂出身加斯科尼，而加斯科尼，正是吹牛不打草稿的原鄉。

彭特凡繼續說：「就非常廣泛的定義來說（嗯，這樣的話，你說的確實沒錯），舞者肯定活在我們每個人的特質裡，我也承認，我看到有女人來的時候，我的舞者性格會比別人強十倍。這種事我有什麼辦法？這種事不是我能控制的啊。」

樊生露出友善的笑容，他越來越感動，彭特凡用一種懺悔的語調繼續說：「而且，如果我像你剛才說的，是舞者理論的大師，那是因為在舞者和我之間，有一點點什麼共通的東西，少了這東西，我是不可能理解這些舞者的。是的，樊生，關於這個，我承認。」

說到這裡，彭特凡又從一個幡然悔悟的朋友變回了理論家：「可是，也不過就是那麼一點點罷了，因為，從我使用這個概念的精確意義來說，我和舞者沒有任何關聯。我覺得一個真正的舞者——一個貝爾柯，一個杜貝爾克——在面對女人的時候，不會有任何想要暴露自己、誘惑別人的欲望，我說的不只是可能，而且幾乎就是事實。他不會想到要說這種故事，說他因為把打字小姐想成別人，所以扯著她的頭髮，把她往床上拉。他想要誘惑的公眾不是幾個具體可見的女人，而是一大群看不見的群眾！要知道，這又是舞者理論可以好好發揮的一個章節：公眾的不可見性！舞者這號人物最嚇人的現代性就在這裡！他不會在你我面前暴露自己，他會當著全世界的人這麼做。而全世界又是什麼？那是一種沒有臉孔的無限！是一種抽象的東西。」

他們談到一半，古賈和馬許就一起來了，古賈在門口對樊生說：「你不是說有人邀你參加一場大型的昆蟲學研討會嗎？我有個消息要告訴你！貝爾柯也會去。」

彭特凡：「又是他？他還真是無所不在。」

樊生：「他去那裡幹嘛？」

馬許：「你自己是昆蟲學家，你應該要知道啊。」

古賈：「他讀大學的時候，有一年常去高等昆蟲學院上課。在這場研討會上，他們要讓他晉升為榮譽昆蟲學家。」

彭特凡：「那我們可得去大鬧一場才行！」接著，他轉頭對樊生說：「你要把我們幾個偷偷弄進去。」

9

薇拉已經睡了。我打開面向大花園的窗戶，想著T夫人和她年輕的騎士在夜裡出了城堡之後走的路，我想著這段令人難忘的路程，它分成三個階段。

第一階段：他們挽著手臂，漫步，談天，然後看到草地上有一張長椅，於是坐了下來，還是挽著手臂，還是在談天。那夜月光清明，花園的草坪往塞納河的方向延伸，水聲潺潺和著枝葉的窸窸窣窣。讓我們試著捕捉他們對話的一些片段吧。騎士向T夫人求吻。T夫人答道：「我很願意啊，如果我拒絕的話，您一定會變得太驕傲的。您的自尊心會讓您以為我怕您。」

T夫人說的這一切都是某種藝術的果實，這就是談話的藝術，絕不讓任何動作不帶著註解，每個動作都充滿意義。譬如這一次，她讓騎士得到他要求的吻，但是她要先把她自己的詮釋加在她的同意之上：她讓騎士吻她，只是要把騎士的傲慢帶回合理的程度。

她藉由一個智力的遊戲，把吻轉化為抵抗的行動，可是沒有人會上當，連騎士也沒有，但是他又得把這些話非常當真，因為這些話屬於智力的手段，所以他也得用另一種智力的手段來回應。談話不只是為了填滿時間，相反的，是談話在分配時間，控制時間，並且強迫時間遵守它規定的法則。

他們的夜，第一階段的尾聲：在她為了不讓騎士太驕傲而給了他一個吻之後，接著是另一個吻，他們的吻「一個接著一個，打斷了他們的談話，取代了談話……」這會兒，她卻站起身，決定走回城堡了。

多麼高明的導演技巧！在第一次打亂了意義之後，還得要展現出性愛的歡愉果實尚未成熟；還得要抬高價碼，把它變得更讓人垂涎；還要製造一個轉折，一些張力，一點懸念。兩人一起走回城堡的時候，T夫人假裝無話可說，她很清楚她在最後一刻一定可以扭轉局勢，讓約會的時間延續下去。要成功，只需要一句話，這種句子在古老的談話藝術裡找得到幾十個。但是，有某種意想不到的陰謀在那兒作祟，不知何故，她竟然找不到靈感，一句話也說不出來，就像個突然忘了詞的演員。確實，她不能不知道台詞；那年頭和今天不一樣，現在的女孩子可以說，你想，我也想，咱們就別浪費時間了！對T夫人和騎士來說，儘管他們對於縱情放蕩有堅定的信仰，但是在這種坦白之前還是橫著一道無法跨越的障礙。如果兩人都沒能及時想出什麼點子，如果他們找不到任何藉口繼續散步，他們就不得不因為他們的沉默，理所當然地走回城堡，然後互道晚安。他們倆越覺得這事很緊迫——找個可以停下腳步的藉口，並且大聲把它說出來——他們的嘴巴就縫得越緊，所有幫得上忙的句子都在他們眼前躲起來了，無視他們如何絕望地求助。於是，走近城堡門口的時候，「因為某種默契，我們的腳步慢了下來」。

幸好，在最後一刻，彷彿提詞的人終於醒了，T夫人又找回了她的台詞——她怪騎士說：「您讓我很不開心……」終於，終於！一切都救回來了！她生氣了！她找到嬌嗔的藉口，可以延長他們的散步了，因為她對他誠心誠意，可是他為什麼隻字不提他心愛的伯爵夫人呢？快點，快點，得趕緊解釋啊！得說些話呀！他們的話頭又接上了，兩人又背著城堡走遠了，這一次，這條路帶著他們走向纏綿，路上不再有險阻。

10

T夫人一邊談天，一邊布局，為下一個階段做著準備，她讓她的情人知道該怎麼想，該怎麼做。她的手法細緻，優雅，直接，彷彿說的是另一件事。她讓騎士發現伯爵夫人的自私冷漠，好讓他解脫忠誠的義務，放鬆心情，走進她準備好的豔情夜。她不只規劃好眼前的未來，也規劃了更遠的未來，她讓騎士明白，她一點也不想變成伯爵夫人的情敵，而騎士也不該和伯爵夫人分手。她給騎士上了一堂情感教育的濃縮課，把她的愛情實用哲學教給他，讓他知道，他得把愛情從道德規範的桎梏之中解放出來，而且得藉由謹慎這種至高無上的美德來保護愛情。她甚至不著痕跡地向騎士說明，第二天見到她丈夫的時候該如何應對。

您會覺得驚訝：在這麼理智地規劃、布局、描繪、計算、測量過的空間裡，哪裡還有空間是留給自發性，是留給「瘋狂」的？哪裡還有胡言亂語，盲目的慾望？哪裡有超現實主義者奉為圭臬的「瘋狂的愛」？哪裡能讓人愛得忘卻自我？這一切形塑我們愛情觀念的不理性的美德，都到哪兒去了？它們不見了，這些美德在這裡一點也派不上用場，因為T夫人是理智的女王。她的理智不是梅赫特爾侯爵夫人那種冷血無情的理智，而是一種甜美溫柔的理智，這種理智的終極任務是要保護愛情。

我看見她帶著騎士走過月夜。現在，她停下腳步，在他們眼前指點著黑暗中浮現的屋頂的輪廓。啊，這座涼亭，它見證過多麼歡愉的時刻啊，只可惜，T夫人對騎士說，她身上沒有鑰匙。他們走到涼亭的門口（還真是奇怪！真是沒想到！）門竟然是開著的！

為什麼她要跟騎士說她沒有鑰匙呢？為什麼她不立刻告訴他，涼亭的門一直就沒有上鎖？一切都是安排好的，設計過的，人為的，一切都是戲，沒有什麼是自發的，或者，換個說法，一切都是藝術；在這裡，一切都是延長懸念的藝術，或者說得更確切些，是盡可能維持興奮狀態的藝術。

11

在德農的小說裡，我們找不到任何關於T夫人身形的描述；不過有一點似乎是確定的：她不可能是個瘦女人。我假設她的「身材豐滿而柔軟」（拉克羅正是用這幾個字來描寫《危險關係》裡最令人垂涎的女性身體），而這肉體的豐滿又生出動作與手勢的豐滿與緩慢。她散發出一種柔美的悠閒氣息。她擁有緩慢的智慧，她熟悉放慢步調的所有技巧。特別是在這一夜的第二階段，在涼亭裡，她證明了這一切。他們走進涼亭，擁吻，趺臥在沙發上，做愛。然而「這些事來得有點莽撞。我們感覺到我們的錯……太熾烈了，我們不夠細緻。我們向高潮奔去，卻錯失了之前的所有快樂」。

倉卒，讓他們失去了溫柔甜美的緩慢，兩人都立刻意識到這是個錯。但是我不認為T夫人會覺得驚訝，我想她應該事先就知道這個錯是無法避免的，是注定的，她知道事情會發生，正因如此，她預先設下涼亭的插曲，就像在樂曲裡加上一段ritardando（漸慢），把預知的進展速度抑制、遏止下來，這樣，進入第三階段之後，在新的背景裡，他們的豔情才能在華美壯麗的緩慢之中盡情綻放。

她中斷了涼亭裡的纏綿，和騎士一起走出去，再一次和他一同散步，一同坐在草坪中央的長椅上，重拾剛才的話題，然後再帶騎士走回城堡，走進和她住處緊鄰的一間密室；這是她丈夫從前特別設計的愛情神殿。騎士在門口看得呆住了——四面牆上都覆滿鏡子，他們的影像突然被映照成一支數不盡的大軍，一對對的情侶在他們周圍擁吻著。但是他們做愛的地方並不是那裡；T夫人彷彿不想引起太強烈的感官爆炸，她想儘可能延長興奮的時間，她把騎士帶到隔壁的房間，那是沉浸在黑暗裡的洞穴，到處都鋪著軟墊；他們到了那裡才開始做愛，悠悠的，緩緩的，直到天明。

T夫人把他們的夜的流速調慢，分成幾個不同的部分，各自分離，她知道如何凸顯小小的一段時間，這一段微不足道的時間對他們來說就像一座神奇的小建築，就像某種形體。把形體印在時間上頭，那是對於美的求索，也是對記憶的求索。因為沒有形體的東西是無法捕捉的，是無從記憶的。把幽會想像得彷彿具有形體，這對他們來說尤其珍貴，因為他們的夜沒有明天，只能在回憶中重現。

在緩慢與記憶之間，在速度與遺忘之間，有一種秘密的聯繫。看看這個平常得不能再平常的情況吧：有個人走在街上，突然間，他想要記起某件事，可是在回憶裡遍尋不獲。這時候，自然而然地，他會放慢腳步。相反的，有人想要忘記剛剛經歷的一件痛苦的事，他會不知不覺地加快行進的步伐，彷彿想要趕快遠離在時間軸線上還離他很近的那件事。

這種經驗可以寫成兩個「存在數學」的基本方程式：緩慢的程度與記憶的強度成正比；快速的程度與遺忘的強度成正比。

12

維旺·德農在世的時候，可能只有一個小圈子的成員知道《沒有明天》的作者是誰；而這秘密一直到他死後很久才揭開，世人（或許）才得知了事情的真相。奇怪的是，這部中篇小說的命運和它說的故事很相似：故事籠罩著秘密、謹言慎行、故弄玄虛、匿名的暗影。

生平紀錄輝煌的德農曾經是雕刻家、畫家、外交官、旅行家、藝品鑑賞家、沙龍裡的紅人，他從來不曾宣稱自己對這部小說的藝術財產權。不是說他拒絕光榮，而是光榮在當時意謂著其他東西；我想像德農有興趣吸引的那群人，並不是今天作家們亟欲吸引的無名大眾，而是他自己熟識並且看重的一小群同伴。他在讀者之間獲得的成功和他在那麼幾個聽眾身上感受到的成功並沒有多大不同，幾個聽眾就聚在沙龍裡，圍在他身邊看他表演。

光榮有兩種，差別在於攝影術發明的前後。十四世紀的捷克國王瓦茨拉夫，很喜歡微服私行，跑去布拉格的客棧和老百姓聊天。他擁有權力、光榮、自由。英國的查爾斯王子沒有任何權力，沒有任何自由，但是他有巨大無垠的光榮——不論在原始森林裡，或是他偷偷設在地下十七層碉堡的浴缸裡，他都逃不過追蹤他、認得他的那些眼睛。光榮吞噬了他所有的自由，現在他很清楚：今天，只有那些麻木的人才願意在身後拖著盛名的空鍋子走路。

您會說，就算光榮的性質改變了，那也只是跟幾個既得利益者有關。您這麼說就錯了。因為光榮不只和名人有關，它和所有人都有關。今天，名人出現在雜誌的彩頁上，出現在電視螢光幕上，他們占據了所有人的想像。而所有人都很關心（就算只是在夢裡），關心自己是不是有可能成為這種光榮眷顧的對象（這種光榮不是常常上館子的瓦茨拉夫國王的光榮，而是在地下十七層躲在浴缸裡的查爾斯王子的光榮）。這種可能性如影隨形地跟著每一個人，改變了每個人的生命特質；因為（這是「存在數學」另一則非常著名的基本定義）存在所擁有的每一種新的可能性——就算機率微乎其微——都會徹底改變存在。

13

彭特凡如果知道知識分子貝爾柯最近被一個叫做殷瑪庫拉妲的女人

搞得很煩，或許就不會對他那麼壞了。這女人是貝爾柯從前的同班同學，高中的時候貝爾柯（徒勞地）整天在打她的主意。

一天，二十年後的某一天，殷瑪庫拉妲在電視螢光幕上看到貝爾柯在黑人小女孩的臉上趕蒼蠅；這事激盪著她，有如某種神啟。她突然意識到，自己一直愛著貝爾柯。當天，她就給貝爾柯寫了一封信，大剌剌地談著他們從前「純真的愛」。可是貝爾柯明明記得，他的愛根本一點也不純真，他的愛裡頭都是淫念，而殷瑪庫拉妲不留情面地拒絕的時候，他覺得受到了侮辱。而且，當時他正是為了這個原因，才給她取了一個既諷刺又感傷的外號「殷瑪庫拉妲」（Immaculata），那是他父母親的葡萄牙女傭的名字，聽起來有點滑稽，意思是「純潔無瑕」。收到這封信，他的感覺很糟（奇怪的是，二十年都過去了，他還是對當年的挫敗無法釋懷），他沒有回信。

他的沉默令殷瑪庫拉妲感到不安，於是在第二封信裡，她提醒他，過去他寫情書給她，數量有多麼驚人。在其中一封情書裡，貝爾柯把她喚作「騷動我睡夢的夜鶯」。這句早已被人遺忘的情話，他現在覺得蠢到令人無法忍受，而且殷瑪庫拉妲對他提起這段話，他覺得很不得體。後來，他又聽到一些流言，說他每次出現在電視上，這個純潔無瑕的女人就會在某處的餐桌上喋喋不休地說起名人貝爾柯純純的愛，說他從前睡不著覺，因為殷瑪庫拉妲騷動他的睡夢。他覺得自己一絲不掛而且無力反擊。這是他這輩子第一次感受到想要隱姓埋名的強烈欲望。

在第三封信裡，她請他幫個忙；不是幫她，而是幫她的鄰居，那是個可憐的女人，醫院給她的醫療照護很糟；她不只差一點死於麻醉失敗，而且院方還拒絕給她任何損害賠償。如果貝爾柯這麼照顧非洲小孩，那他就應該證明他也可以對自己國家的平常百姓同樣關心，就算這些人不能給他任何上電視作秀的機會。

後來，這個女人拿殷瑪庫拉妲當靠山，自己給他寫了信：「……您還記得這個姑娘嗎，先生？您曾經寫信給她，說她是您純潔無瑕的聖女，在夜裡騷動您的心。」不會吧?!不會吧?!貝爾柯從公寓的這頭跑到那頭，邊叫邊罵。他把信撕碎，在上頭狠狠吐了一口口水，然後丟進垃圾桶。

有一天，一家電視台的主管告訴他，有個女導演很想做一個關於他個人的節目。他一肚子氣，想起那段嘲諷的文字，說他老想在電視上作秀，因為這個想要拍他的女導演不是別人，就是那隻夜鶯，就是殷瑪庫拉妲本人！這情況真是惱人：原則上，拍一部關於他的影片，這個提議很好，因為他一直想把他的生命變成藝術品，但是他從來沒想到，這部作品有可能被歸為喜劇片！面對這猝然湧現的危險，他希望殷瑪庫拉妲離他的生活越遠越好，於是他請電視台的主管（這位先生對他的謙遜感到十分驚訝）推遲這項計畫，因為對一個像他這麼年輕又這麼不重要的人來說，這種事言之過早。

14

這故事讓我想起另一則故事，我有幸拜讀還得感謝古賈的公寓裡覆滿四壁的藏書。有一次我跟他抱怨說我很消沉，他指了一個書架給我看，上頭有他親手寫的字：無心的幽默傑作，然後他帶著不懷好意的微笑，從上頭抽出一本書，一九七二年出版，是一個巴黎女記者寫她對季辛吉的愛。您應該還記得這個時代最有名的政治人物的名字吧，他是美國總統尼克森的顧問，是美國與越南和平的推手。

故事是這樣的：她在華盛頓見到季辛吉，要採訪他，先是為了一份刊物，後來是為了一家電視台。他們見了幾次面，但是從來沒有逾越任何工作關係的界限——有一、兩次為了準備節目而一起吃晚飯，幾次造訪季辛吉在白宮的辦公室，造訪他的私人住宅，先是一個人，然後是一隊工作人員，諸如此類。漸漸地，季辛吉對她起了反感。季辛吉不是笨蛋，他知道是怎麼回事，為了跟這個女記者保持距離，他侃侃而談權力對女人的吸引力，談他的職務讓他不得不放棄私生活。

女記者以一種動人的真誠，報告這一切退縮的行徑，而這些退縮並沒有讓她氣餒，因為她對於他們兩人注定要在一起，有著不可動搖的信念——季辛吉表現出謹慎和懷疑的態度是嗎？這可嚇不倒她，因為她很清楚，季辛吉一定會想到他從前遇過的那些恐怖的女人；她很確定，等到他明白她多麼愛他的時候，他就不會再有顧慮，他就會卸下他的心防了。啊，她對自己愛情的純粹如此確定！她可以對他發誓：這和她的慾念一點也沒有關係。「在性方面，他對我一點也沒有吸引力。」她這麼寫著，還重複了好幾次（帶著某種奇怪的母性的虐待心理）：他的穿著很糟，他長得不好看，他對女人的品味很差。「他一定不會是好情人」，她一邊做這樣的判斷，一邊宣稱自己更加愛他。她有兩個孩子，季辛吉也是，她心裡盤算著——季辛吉並沒有想到——一起去蔚藍海岸度假，她很高興兩個小季辛吉可以在那裡開開心心地學法文。

有一次，她派了一組電影工作人員去拍攝季辛吉的公寓，季辛吉終於按捺不住，把他們當成不速之客，統統趕了出去。另外一次，他把她叫到辦公室，用一種平日罕見的冷峻語氣對她說，他再也受不了她對待他的那種曖昧方式了。起初，她失望至極。但是很快的，她開始對自己說：毫無疑問，有人覺得她在政治上是很危險的，而季辛吉收到反諜報部門的指示，不要再和她來往；他們見面的那間辦公室到處都是竊聽器，季辛吉也知道這事；他說的話殘酷得令人難以置信，所以那不是說給她聽，而是說給在暗處竊聽的那些秘密警察聽的。她帶著一抹體諒而感傷的微笑望著他；這場面對她來說，像是被一種悲劇性的美（這是她慣用的形容詞）照亮著——季辛吉被迫對她下重手，可是在此同時，他透過目光，向她說愛。

古賈在笑，可是我對他說：現實的真相很簡單，從那戀愛中的女人的幻想裡隱約浮現，可是這真相的重要性並不如他所想像，因為現實的真相不過是個平凡無奇、實實在在的真相，它的重要性完全比不上另一種比較崇高、禁得住時間摧殘的真相，那就是「書的真相」。在她和偶像第一次會見的時候，這本書已經在那裡了，沒有人看得見，但它就供在他們兩人之間的一張小桌子上，而從這一刻開始，這本書已經是她整個情愛冒險不曾意識到也不曾明言的目的了。一本書？要拿來做什麼？要幫季辛吉繪一幅肖像？當然不是，她一點也不想要說任何與季辛吉有關的事！她心裡時時掛記的，是屬於她自己的真相。她渴望的不是季辛吉，她對他的身體更沒有興趣（「他一定不會是好情人」）；她渴望的是擴大她的自我，讓她的自我走出她生命狹窄的圈子，讓她的自我光芒四射，讓她的自我變成光。對她來說，季辛吉是一匹神話中的坐騎，她的自我將要乘坐這匹飛馬，展開穿越天際的偉大旅程。

「她很蠢。」古賈乾巴巴地作了總結，順便嘲笑我的長篇大論。

「才不是這樣，」我說，「很多人都說她很聰明。她的問題不是笨，而是她太確定自己是上帝的選民。」

15

「選民」是一種神學概念，意思是：一個人不是因為有什麼功績，而是經由一種超自然的判決，透過上帝的自由意志，甚至是祂隨心所欲的意志，被選去做某件特別例外又超乎尋常的事。聖徒們正是在這樣的信念中汲取力量，才能承受最殘暴的酷刑。種種神學概念，一如這些概念的仿效心理，投射在我們平凡無奇的生活裡；我們每個人（或多或少）都因為生活太平凡而感到卑微，都渴望擺脫這種生活，渴望自我提升。我們每個人都有過這種幻覺（或強或弱），認為自己配得上某種提升，認為自己是注定、是被選定去獲得這種提升的。

作為選民的感覺有可能出現在所有愛情的關係裡。因為愛情，從定義來看，就是個毋需任何功績來交換的禮物；無功而被愛，這甚至是真愛的證據。如果有個女人對我說：我愛你，因為你很聰明，因為你很誠實，因為你買禮物給我，因為你不會跟女孩子勾三搭四，因為你會洗碗；這樣的話我會很失望，這種愛有一點利益交換的味道。不過，要是聽到一個女人這麼說：儘管你既不聰明也不誠實，儘管你是個騙子，是個自私鬼，是個無賴，我還是為你瘋狂；那真是美妙多了。

人或許就是在當奶娃的時候，第一次產生作為選民的幻覺，多虧了母親，奶娃們無須付出就有人照顧，而且予取予求。照理說，教育可以讓人擺脫這種幻覺，並且讓人明白，生命中的每一件事都要付出代價，可是這一切經常來得太晚。您一定看過，一個十歲的小女孩，想要強迫玩伴們接受她的想法，突然間，由於詞窮，她以一種莫名的驕傲高聲說：「因為是我說的。」或者「因為我就是想要這樣。」她覺得自己是選民。可是有一天，她說出「因為我就是想要這樣」，結果她身邊每個人都哈哈大笑。想當選民的人，能怎麼辦呢？要怎樣才能證明自己被選上了，要怎樣才能讓自己也讓別人相信他不是凡夫俗子？

這時候，以攝影術這項發明為基礎的時代就帶著它所有的明星、舞者、名人來幫忙了。這些人的形象投射在巨大的屏幕上，所有人都老遠就看得到，所有人都仰慕他們，卻是可望而不可即。自以為是選民的人，由於對名人的崇拜與凝望，會公開表示自己屬於不凡的一群，同時也把自己和一般人的距離區隔開來，而所謂的一般人，具體來說也就是他（或她）不得不在一起生活的那些鄰居、同事、夥伴。

於是名人成了一種公共的制度或設施，就像公廁，就像社會安全制度，就像健康保險，就像瘋人院。但是他們只有在可望而不可即的時候才有效。如果有人想藉由與某個名人的直接關係來證明他的選民身分，他就有可能被驅逐，像那個愛上季辛吉的女人就是這樣。這種驅逐，用神學的語言來說，叫做原罪。這就是為什麼愛上季辛吉的那個女人在她的書裡明明白白理直氣壯地談到她那悲劇性的愛情，因為原罪——儘管嘲笑這段故事的古賈不會喜歡這種說法——照定義來說就是悲劇性的。

在意識到她愛貝爾柯的那一刻之前，殷瑪庫拉妲也經歷過和大多數女人一樣的生活，結過幾次婚，離過幾次婚，有過幾個情人讓她經常性的沮喪，而這種低落的心情平靜近乎甜美。最後的這個情人特別崇拜她；比起其他情人，殷瑪庫拉妲比較受得了這一個，理由不只是因為他很順從，還因為他很有用——他是個攝影師，殷瑪庫拉妲剛開始到電視台工作的時候，他幫了她很多忙。他比殷瑪庫拉妲大幾歲，但卻是一副永遠的大學生模樣，對殷瑪庫拉妲崇拜有加；他覺得殷瑪庫拉妲是世界上最美的、最聰明的，而且（尤其）是最多愁善感的女人。

對他來說，他心愛的女人的多愁善感就像一幅德國浪漫主義的風景畫——畫面上點綴著幾棵樹，枝幹扭曲到超乎想像，上頭是遙遠蔚藍的天空，是上帝的住所；每次他走進這幅風景畫，就感到一股無法抵擋的欲望，想要跪下，想要留在那裡宛如面對神蹟。

16

大廳裡漸漸擠滿了人，很多都是法國的昆蟲學家，還有幾個外國學者，其中有一個約莫六十歲的捷克人，據說是捷克新政權的要人，不知是部長還是科學院的院長，或者至少是科學院的院士。總之，就算從單純好奇的觀點來看，他也是這次會議裡最有意思的人物（他代表共產主義走入時代黑夜之後的一段新歷史）；可是，在嘰嘰喳喳的人群裡，他矗立在那兒，身形高大笨拙，孤零零的。有好一會兒，人們都急著過來跟他握握手，問他幾個問題，但是大家都沒想到對話會這麼快就停頓下來，大家各自說了幾句之後，就不知道還能再跟他說些什麼了。畢竟，他們沒有什麼共同的話題。法國學者們沒說幾句話就轉回他們關心的問題，捷克學者試著跟他們聊，他不時會加上一句「在我們那兒，事情可不是這樣」，後來，他終於明白沒有人對「在我們那兒，事情可不是這樣」有興趣，於是他自己走開了。他的臉上蒙著一股感傷，這種感傷不苦也不悲，是一種清明而近乎紆尊降貴的感傷。

此刻，所有人都鬧烘烘地擠進這個設有吧檯的大廳，而他卻走到一旁空盪盪的會場，裡頭有四張長桌圍成方形，等著研討會開場。門口不遠處，有一張小桌，上面擺著來賓的名單，後頭坐著一位小姐，看起來跟他一樣沒人搭理。他傾身倚在桌邊，把名字告訴這位小姐。之後，這位小姐又問了兩次他的名字。她不敢再要他說第三次了，於是在名單上沒頭沒腦地找著跟她聽到的發音相似的名字。

捷克學者一臉慈父的神情，傾著身子靠在名單上，找出了他的名字，他把食指壓在那裡，上頭寫著：CECHORIPSKY。

「啊，您是瑟修黎庇先生？」她說。

「這要唸作：契—訶—里—普—斯—基。」

「噢，這可真不容易！」

「還有，這樣寫也不對。」捷克學者說。他拿起他在桌上瞥見的原子筆，在C和R的上頭各畫了一個類似勾勾的記號。

秘書小姐看著勾勾的記號，再看看捷克學者，然後嘆了一口氣說：「好複雜喔！」

「不會，這很簡單。」

「簡單？」

「您知道約翰．胡斯吧？」

秘書小姐很快地看了一眼來賓的名單，捷克學者趕緊解釋說：「您也知道，他是十四世紀一個偉大的宗教改革家。他是馬丁．路德的先行者。您也知道，神聖羅馬帝國的第一所大學是查理大學，他是那裡的教授。可是您不知道的是，約翰·胡斯同時也是個偉大的拼字改革家。他很巧妙地簡化了拼字。要發出『契』的聲音，您得要用t，c，h三個字母。德國人甚至要用t，s，c，h四個字母。可是因為約翰·胡斯的貢獻，我們只要用c一個字母，在上頭加上這個小小的記號，就夠了。」

捷克學者再一次傾身倚在秘書小姐的桌邊，然後在名單的邊上寫了一個大大的字母C，加上一個小勾勾：Č，然後，他望著秘書小姐的眼睛，清清楚楚地發出一聲：「契！」

秘書小姐也望著捷克學者的眼睛，跟著他唸了一聲：「契。」

「對，就是這樣！」

「這樣確實很方便耶。可惜馬丁·路德的改革只有你們那裡的人知道。」

「約翰・胡斯的改革⋯⋯」捷克學者假裝沒聽到這個法國女人說的蠢話，「⋯⋯不是完全沒有人知道。還有一個國家也用這套方法⋯⋯您也知道的，不是嗎？」

「喔，我不知道。」

「立陶宛啊！」

「啊，立陶宛啊。」秘書小姐跟著他說了一次，腦袋裡卻怎麼也想不起這個國家在世界的哪個角落。

「立陶宛也用這套方法。您現在知道為什麼我們捷克人會為這些字母上的小記號感到這麼自豪了吧。」他帶著微笑說：「我們什麼都可以背叛，但是為了這些記號，我們會奮戰到流乾最後一滴血。」

他向秘書小姐欠身致意，然後向那些擺成方陣的桌子走去。每張椅子的前面都擺著一個名牌。他找到自己的名牌，端詳良久，然後把它拿起來。他帶著一抹悲傷但寬容的微笑，把名牌拿過去給秘書小姐看。

這時，剛好有另一個昆蟲學家來到入口處，站在桌前等著秘書小姐在他的名字旁邊打勾。秘書小姐看見捷克學者，於是對他說：「請等一下，希庇基先生！」

捷克學者做了一個寬宏大度的手勢，意思是：您別擔心，小姐，我不急。他的耐性之中多少帶著點動人的謙遜，他耐心地站在桌旁等著（又有兩個昆蟲學家在桌旁停了下來），等到秘書小姐終於忙完，他把那張小名牌拿給她看。

「您看，這是不是很好笑？」

秘書小姐看不出個所以然：「這裡沒錯啊，佘尼庇基先生，那些小記號這裡都有啊！」

「有是有，可是這裡標的都是像帽子的重音符號啊！他們把勾勾弄反了！還有，您看看他們把這些記號放在哪裡！在E和O的上面哪！

Cêchôripsky（謝寇瑞普斯基）！」

「噢，真的耶，您說得對！」秘書小姐也義憤填膺。

「我常問自己，」捷克學者說得越來越感傷，「為什麼人們總是忘記這些記號？這些小勾勾，這麼有詩意的記號！您不覺得嗎？像是飛翔的小鳥！像是展翅翩翩的白鴿！」他用非常溫柔的聲音說：「或者，如果您願意的話，也可以說它們像蝴蝶。」

接著，他又倚在桌上，拿起原子筆把他名牌上的拼法改正過來。他做這事的動作非常謙卑，彷彿做錯事的人是他，改好之後，他默默地走了。

秘書小姐看著他高大畸形的身影離去，心裡突然湧上滿滿的母愛。她想像一個小勾勾（而不是蝴蝶），在捷克學者的身邊翩翩飛舞，最後，停歇在他濃密的長髮上。

捷克學者往他的座位走去，回頭看到秘書小姐動容的微笑。他也以自己的微笑回應，一路上，他又回頭對她微笑了三次。這些微笑雖然帶著感傷，但也是自豪的。那是一種感傷的自豪——我們或許可以這樣定義這位捷克學者。

17

看到自己名字上頭的記號被亂放，為這事感傷，所有人都可以理解。但是，自豪從何而來？

以下是他個人生平的重要資料：俄國人一九六八年入侵之後翌年，他被逐出昆蟲研究中心，被迫去做建築工人的工作，一直做到一九八九年占領結束，換句話說，他做了差不多二十年的建築工人。

可是在美國，在法國，在西班牙，在世界各地，不是經常都有成千上萬的人在失業嗎？他們也因此受苦，可是他們卻沒有因此感到自豪。為什麼自豪的是捷克學者而不是這些人？

因為他被人趕出工作崗位，為的不是經濟因素，而是政治因素。

就算這樣，我們還是不明白，為什麼經濟因素造成的不幸就比較不嚴重或是比較不可敬？一個人因為惹他老闆不高興而被解雇，就應該要覺得羞恥，而為了政治意見丟掉工作的人，就有權自吹自擂嗎？為什麼？

因為在經濟因素解雇的情況裡，被解雇者扮演的是被動的角色，在他的態度裡，沒有任何值得欽佩的勇氣。

這種說法看似不證自明，但事實並非如此。因為捷克學者雖然在一九六八年之後被逐出工作崗位，可是俄羅斯軍隊在捷克建立極惡政權的時候，他並沒有做出任何勇敢的行為。作為研究中心的部門主任，他只對蒼蠅感興趣。有一天，十來個眾人皆知的反對派突然跑來，一群人就這樣湧進他的辦公室，要求他提供一個研究室讓他們秘密聚會。這些人的行動遵照的是道德柔道的規則：來的時候讓人嚇一跳，而且自己就形成一個小小的公眾觀察團。這突如其來的對峙讓這位學者陷入極其尷尬的處境。說「好」會立刻給他帶來惱人的危險——他會丟掉工作，他的三個孩子會被擋在大學的門外。可是要對這個老早在嘲笑他怯懦的小團體說「不」，他也沒有足夠的勇氣。最後他還是答應了，他看不起自己，因為他膽小，因為他軟弱，因為他無能拒絕別人對他予取予求。如果要說得確切些，其實就是因為這樣，因為他的懦弱，他後來被逐出工作崗位，他的孩子被逐出了學校。

如果是這麼回事，那他自豪個什麼勁？

時間過得越久，他就越不記得自己當初對那些反對派的厭惡，他開始習慣把當時說「好」這件事當成是自願的，當成是他個人對那可恨的政權的反叛。於是他相信自己也屬於登上歷史大舞台的一分子，而他的自豪正是來自這樣的確信。

容我把我的論點說得清楚些：捷克學者的自豪並不是因為他在隨便什麼時候登上了歷史舞台，而是因為他恰恰在燈光亮起的那一刻登上了舞台。被照亮的歷史舞台上演的是全球歷史性的時事。在聚光燈的照亮下，在攝影機的注視下，一九六八年的布拉格上演的正是一樁典型的全球歷史性的時事，捷克學者很自豪，因為他至今依然感覺得到這樁歷史性的時事覆在他額上的吻。

可是大型的商業談判，世界大國的高峰會議，這些也都是重要的時事，也都有聚光燈，有攝影機，有人評論；為什麼這些事不會在參與者的心裡喚起同樣自豪的悸動？

我簡單地加上最後一點說明：捷克學者得到的，並不是隨便哪一樁全球歷史性的時事的聖寵，而是我們以崇高為之命名的時事。這樣的時事之所以崇高，是因為舞台前方的人在受苦受難，而舞台的後方迴盪著處決的槍響，死亡的大天使在舞台上方飛翔。

所以最終的說法是這樣的：捷克學者因為得到一樁崇高的全球歷史性的時事的聖寵而感到自豪。他很清楚，這種聖寵讓他有別於和他一起出席會議的所有挪威人與丹麥人，有別於所有的法國人與英國人。

18

主席桌有個位子是給人輪流上去發言的。捷克學者沒聽他們說話，他等著輪到他自己上台。他不時摸摸口袋裡的五張紙，那是他要發表的一份短短的報告，他自己知道內容實在不怎麼樣——他被迫離開科學工作二十年，他能做的只是把發表過的東西做個摘要，那是他年輕時發現並且描述記錄過的一種不為人知的蒼蠅，他把它命名為musca pragensis（布拉格蒼蠅）。他聽到主席發出幾個音節，唸的肯定是他的名字，他於是起身走向那個預留給發言者的位子。

在他走向主席桌的二十秒當中，一件意想不到的事情在他身上發生了——他克制不住內心的悸動——天哪，這麼多年過去了，他竟然再次出現在這樣的場合，他看重這些人，這些人也看重他；他竟然再次出現在這些學者身邊，他和這些學者如此相似，命運卻把他從他們當中抽離。他走到那張預留給發言者的椅子前面，卻不坐下；這一次，他想要順著自己的感覺，不克制自己，他想要對這些陌生的同行說出心裡的感受。

「各位親愛的女士，各位親愛的先生，請原諒我把我的感動告訴大家，這樣的感動我也沒有想到，我自己也吃了一驚。那是因為在約莫二十年的缺席之後，我可以再一次參加這樣的會議，和一些跟我思考相同問題，懷抱相同熱情的人們同聚一堂。在我的祖國，一個人僅僅因為大聲說出他心裡想的事，就會被剝奪生命的意義，甚至被剝奪生命，畢竟對一個科學家來說，生命的意義沒有別的，就是他研究的科學。各位都知道，在我的祖國有數十萬人，也就是整個知識分子圈，都在一九六八年悲劇性的夏天之後，被逐出了他們的工作崗位。六個月以前，我還在當建築工人。當然，做這樣的工作一點也不可恥，我們學到很多東西，我們贏得單純可敬的人們的友誼，我們也明白了一件事——做科學研究的人是得天獨厚的，因為我們做的工作同時也是我們熱情寄託的對象，這是得天獨厚的，是的，各位朋友，我在建築工地的那些工人夥伴們從來不曾享有這般得天獨厚的運氣，畢竟我們是不可能滿懷熱情去扛那些梁柱的。這種得天獨厚的運氣有二十年離我而去，現在我重新擁有它，我的心情十分陶醉。親愛的朋友們，這說明了為什麼我覺得這一刻是真正快樂的時刻，儘管這樣的快樂還是讓我有一絲感傷。」

說出最後這幾個字的時候，他感到淚水湧上眼眶。這讓他有點不自在，因為父親的形象出現在他眼前，這個老頭沒事就感動，找到機會就掉眼淚，可是接下來他卻對自己說，就算放任自己一次又怎麼樣？這些人應該會因為他的感動而覺得光榮吧，畢竟這是他從布拉格給他們帶來的禮物。

他想得沒錯。與會者也很感動。他的最後一個字才說出口，貝爾柯就起身鼓掌。攝影機立刻迎了上來，拍攝他的臉，他的手，也拍攝捷克學者。全場都起立了，有人快，有人慢，有人面帶微笑，有人神色凝重，每個人都在拍手，大家都興奮到不知何時該停下來。捷克學者站在他們面前，高大，非常高大，笨拙而高大，而他的雕像越是閃耀著笨拙的光芒，他就越能感動人，他自己也越感動，結果，淚水不再只是偷偷在眼眶裡打轉，而是沿著鼻子，朝著嘴巴，朝著下巴，當著所有不斷奮力鼓掌的同行面前莊嚴地流了下來。

終於，喝采聲平歇了下來，人們坐回椅子上，捷克學者顫著嗓音說：「謝謝大家，各位朋友，我由衷地感謝大家。」他鞠躬之後走回他的座位。他知道自己正在經歷這一生最偉大的時刻，最光榮的時刻，是的，光榮，這麼說沒什麼不對啊，他覺得自己那麼偉大，那麼美，他覺得自己出名了，他希望走回座位的這段路悠悠長長，永遠走不完。

19

他往他的椅子走去，全場籠罩著寂靜。或許精確一點的說法應該是，全場籠罩著幾種寂靜。捷克學者只感覺到其中一種，那就是感動的寂靜。他沒有發現，感動的寂靜漸漸起了變化，就像某種無法察覺的轉調過程，把一首奏鳴曲從某個調轉到另一個調，感動的寂靜漸漸變成尷尬的寂靜。所有人都意識到，這個名字很難唸的先生被他自己感動得忘了讀他的講稿，忘了把他發現新品種蒼蠅的事告訴大家。所有人都知道，提醒他是很不禮貌的。研討會的主席思索良久，最後咳了兩聲說：「感謝切寇西皮先生……（他停了好一會兒，好讓這位來賓有最後一次機會想起來）……請下一位報告人上台發言。」此時，會場裡此起彼落的竊笑打破了寂靜。

捷克學者沉浸在自己的思緒裡，他沒聽到笑聲，也沒聽到他同行的報告。其他的發言者陸續上台，直到有個跟他一樣研究蒼蠅的比利時學者開始發言，才把他從沉思之中喚醒：天哪，他忘了讀他的講稿！他把手伸進口袋裡，五張紙都在那裡，證明他不是在作夢。

他的雙頰滾燙。他覺得自己太可笑了。他還來得及挽回什麼？沒辦法了，他知道自己什麼也無法挽回了。

羞愧一陣之後，他的心底浮現一個奇怪的想法，安慰了他——沒錯，他是很可笑，但是這種事一點也不負面，沒什麼可恥，也沒什麼好生氣的。他碰上的這種可笑讓他生命固有的感傷變得更強，讓他的命運變得更悲哀，卻也因此變得越來越偉大，越來越美。

不會的，自豪永遠不會離棄捷克學者的感傷。

20

所有的會議都有人開溜，這些人總是聚在會場隔壁喝酒。樊生聽膩了昆蟲學家說的話，也覺得捷克學者奇怪的演出沒什麼意思，於是他也去了大廳，跟其他開溜的人湊在一起，圍著吧檯附近的一張長桌。

他在那兒沒出聲已經夠久了，終於在這些陌生人的閒談裡插上了話：「我有個女朋友，她總是希望我粗魯一點。」

彭特凡說這話的時候，會稍稍停頓一下，這時候，所有聽眾都聚精會神，陷入一片寂靜。樊生想做出同樣的停頓，結果，他聽到傳來一陣笑聲，一陣大笑；他因此得到鼓舞，眼睛亮了起來，做了個手勢讓聽眾們安靜下來，這時，他才發現所有人都看著長桌的另一頭，津津有味地看著兩位先生用鳥的名字在互罵。

等了一、兩分鐘，他終於又找到機會再說一次：「我剛才說我女朋友希望我做一點粗魯的事。」這一次，所有人都聽到了，樊生不再犯錯了，他不再停頓，他說得越來越快，彷彿有人在後頭追他，要打斷他說的話。「可是我做不到，我太細緻了，不是嗎？」為了回應這句話，他自己笑了起來。眼看他的笑沒有迴響，他只好趕快說下去，說的速度又更快了：「有一個年輕的打字小姐經常會來我家，我唸給她……」

「她用電腦打字嗎？」有個男人突然很感興趣地問了他。

樊生回答：「是啊。」

「哪個牌子的？」

樊生說了一個牌子。那個男人的電腦是另一個牌子的，他開始說他跟電腦奮戰的故事，說他的電腦經常把他整得七葷八素。大家都笑了，有好幾次還爆出大笑。

而樊生則在一旁難過，想起一直存在他心裡的想法：人們總以為一個人的機會多少取決於外貌，取決於臉孔的美醜，取決於身高，取決於他有沒有頭髮。錯了。決定一切的是聲音。樊生的聲音太弱、太尖了；他開始說話的時候，沒有人知道，他只好用力說，結果大家都以為他在喊叫。彭特凡就不一樣了，他說話輕輕的，他低沉的聲音迴盪著，聽了就覺得舒服，又好聽又有力，所以大家都只想聽他說話。

啊，了不起的彭特凡，他答應過樊生要帶一整幫人來陪他參加研討會，說了之後卻又意興闌珊，完全符合他光說不練的本性。樊生一方面感到失望，另一方面卻又覺得自己更不應該違背人師的命令，他昨天離開之前還對樊生說：「你得代表我們所有的人。我讓你全權處理，你要以我們的名義行動，為我們共同的事業奮鬥。」當然，這是個滑稽的命令，可是加斯科尼咖啡館這幫人相信的是，在我們這個無聊的世界，只有滑稽的命令才值得遵行。在樊生的記憶裡，他在敏銳的彭特凡的頭旁邊，還看到馬許的大嘴巴露出贊同的微笑。在這個命令和這個微笑的支持下，他決定要行動了；他四下看了看，發現圍在吧檯旁邊的這群人當中，有個很可人的女孩子。

21

昆蟲學家都是些老粗，他們無視這個女孩的存在，儘管她全心全意聽著他們講話，該笑的時候就笑，他們神情嚴肅的時候她也跟著做做樣子。顯然，出現在這裡的人她一個也不認識，在她戰戰兢兢卻沒人留意到的反應背後，隱藏著一個驚惶的靈魂。樊生從他的桌位站起來，走入那女孩所在的人群，跟她說話。不久，他們就和其他人分開，忘情地聊了起來，他們從一開始就談得很投契，怎麼聊都聊不完。她叫做茱莉，是個打字小姐，她幫這次研討會的主席打打雜；從下午開始，她就沒事了，所以她乘機來這個著名的城堡參加晚會，這些來賓讓她感到害怕，但同時又激起她的好奇心，因為在昨天以前，她還沒見過任何一個昆蟲學家呢。樊生跟她在一起覺得很舒坦，他不必拉高嗓門，相反的，他還壓低聲音，不讓別人聽到他們說話。然後他帶茱莉走向一張小桌子，他們可以挨坐在那裡，他可以把他的手放在她的手上。

「你知道，」樊生說，「一切都是靠聲音的力量決定的。這比有張漂亮的臉蛋還重要。」

「你的聲音很好聽啊。」

「你覺得好聽嗎？」

「是啊，我覺得很好聽。」

「可是我的聲音太小了。」

「就是這樣聽起來才舒服啊。我啊，我的聲音又粗又難聽，粗粗嘎嘎的，像一隻老烏鴉，你不覺得嗎？」

「不會啊，」樊生的話裡帶著某種溫柔，「我很喜歡你的聲音，它很誘人，又有點放肆。」

「你這麼覺得嗎？」

「你的聲音跟你的人一樣！」樊生深情地說，「你的人也是這樣，有點放肆，又很誘人！」

茱莉很喜歡樊生這麼說，她自己也說：「是啊，我相信你說的。」

「這些人都是白痴。」樊生說。

她同意至極：「沒錯。」

「都是些自以為是的傢伙，都是些市儈的俗人，你看到貝爾柯了嗎？他根本就是個智障！」

她完全同意。這些人剛才彷彿當她是個隱形人，現在只要聽到罵他們的話，她都很高興，她覺得有一種復仇的快感。她對樊生越來越有好感，這個男孩子滿好看的，個性開朗又單純，而且他一點也不自以為是。

「我很想，」樊生說，「在這裡大鬧一場……」

這話挺響亮的：像是造反的承諾。茱莉笑了，她想要鼓掌。

「我去幫你拿一杯威士忌！」樊生走向大廳的另一頭，往酒吧走去。

22

在此同時，主席宣布研討會結束，與會者吵吵鬧鬧地走出會場，大廳一下子擠滿了人。貝爾柯跑去和捷克學者攀談。「我非常感動，聽到您的……」他刻意表現出遲疑，好讓人覺得他感動得找不出一個足夠精準的用詞，來界定捷克學者的演說屬於什麼類別，「……您的……見證。我們太容易也太快遺忘。我想讓您知道，我們對於發生在貴國的事感受極深。你們是歐洲的驕傲，儘管歐洲沒有太多值得驕傲的理由。」

捷克學者做了一個若有似無的推卻手勢，好讓人看見他的謙遜。

「不，請不要推卻，」貝爾柯說了下去，「我一定要這麼說。

你們，確確實實就是你們，貴國的知識分子，你們在頑抗共產主義壓迫的行動中所展現的勇氣是我們經常欠缺的，你們展現了對於自由的渴望，我甚至要說，那是一種爭取自由的無畏精神，你們因此成為我們追隨的典範。而且，」他為了讓這幾句話多一點親近的調性，多一點心意相通的印記，他又加上一句：「布達佩斯這個城市如此美麗，如此生氣勃勃，而且，請容我強調這一點，這個城市完全是歐洲的城市。」

「您要說的是布拉格？」捷克學者囁囁嚅嚅地說。

啊，這要命的地理！貝爾柯知道世界地理害他犯了一個小小的錯，而這位同行又不知分寸，他強忍著怒氣說：「當然是了，我要說的是布拉格，但是我也想說克拉科夫（Cracovie），我想說索非亞（Sofia），我想說聖彼得堡，我想到剛剛從巨型集中營裡走出來的所有東歐城市。」

「請不要用集中營這個說法。我們經常會丟掉工作，但我們並不是

MILAN KUNDERA

生活在集中營裡。」

「所有的東歐國家到處都是集中營啊！集中營是真實的或是象徵的，這並不重要！」

「也請不要用東歐這個說法，」捷克學者繼續反駁：「您也知道，布拉格的西方性跟巴黎沒有兩樣。十四世紀創立的查理大學，是神聖羅馬帝國的第一所大學。您一定很清楚，約翰．胡斯就是在那裡授課的，他是馬丁．路德的先行者，他是偉大的宗教改革家，也是偉大的拼字改革家。」

這個捷克學者究竟被什麼蒼蠅給叮了？他不停地挑貝爾柯的錯，貝爾柯幾乎要氣炸了，但是他說話的聲音還是一樣熱情：「我親愛的同行，請不要因為您出身東歐而感到可恥。法國是世界上對東歐最有好感的國家。想想看你們在十九世紀的遷移！」

「我們在十九世紀沒有任何遷移啊。」

「那密茨凱維奇（Mickiewicz）呢？他把法國當成他的第二祖國，

我為此感到自豪！」

「可是密茨凱維奇不是……」捷克學者繼續反駁。

此刻，殷瑪庫拉妲進場了；她向她的攝影師做出非常有活力的手勢，然後，她的手一晃，就把捷克學者撥開，自己站在貝爾柯的身邊，對他說：「雅克—阿藍．貝爾柯……」

攝影師把攝影機架上肩膀，一邊說：「等一下，等一下！」

殷瑪庫拉妲停了一下，看著攝影師，然後又對貝爾柯說了一次：「雅克—阿藍．貝爾柯……」

23

一個小時前，貝爾柯看到殷瑪庫拉妲和她的攝影師出現在研討會的時候，他以為自己會氣得大聲咆哮。可是現在，他被捷克學者激起的怒氣比殷瑪庫拉妲引發的怒氣更強；他感謝殷瑪庫拉妲讓他脫離那個外國學究，他甚至還若有似無地給了她一個微笑。

殷瑪庫拉妲因此受到鼓舞，她以愉快又刻意顯得很熟絡的聲音說：「雅克—阿藍．貝爾柯，命運的巧合讓您成為昆蟲學者的大家庭的一分子，在這場研討會裡，您剛剛經歷了非常動人的時刻……」

貝爾柯像個小學生似地乖乖回答：「是的，我們有幸接待這麼一位偉大的捷克昆蟲學家，他無法投身於他的工作，卻在監獄裡關了一輩子。我們都為他的出席而感動。」

作為舞者不只是一種激情，也是一條不歸路；杜貝爾克在和愛滋病患共進午餐之後羞辱了貝爾柯，後來貝爾柯之所以跑去索馬利亞，不是因為虛榮過度，而是因為他覺得應該要彌補自己跳錯的一個舞步。此刻，他感到他那些句子平淡無味，他知道這些句子還欠一點什麼，欠一點風趣，一點出人意料的想法，一點驚奇。所以，他沒有停下來，而是繼續說下去，一直說到他看見一道更美好的靈光從遠處向他投射過來：「我也要藉這個機會向各位宣布，我要發起成立一個法國捷克聯合昆蟲學會。（他自己也為這個想法感到驚喜，這麼一來，他立刻覺得舒坦多了。）我剛剛和我的布拉格同行談到這件事（他隨手往捷克學者的方向比了一下），我們提到要用上世紀一位偉大的流亡詩人來給這個學會命名，他很高興。這位流亡詩人永遠象徵著我們兩個民族之間的友誼，那就是密茨凱維奇。亞當·密茨凱維奇。這位詩人的一生就像是給我們上了一堂課，他讓我們想起，我們所做的一切，不論是詩還是科學，都是一種反叛。（「反叛」這個字眼讓他整個人抖擻了起來。）因為人類永遠在反叛（現在，他真的很美，他自己也知道），不是嗎，我親愛的朋友（他轉頭去看捷克學者，攝影機的鏡頭裡立刻出現了他的影像，他低下頭，彷彿要說「是」），您用您的生命，用您的犧牲，用您的苦難證明了這件事，是的，您為我們證實了，一個真正的人永遠都在反叛，反叛壓迫，如果不再有壓迫……（他做了一次長長的停頓，只有彭特凡懂得做這麼長又這麼有效的停頓；然後，他壓低聲音說）……就反叛我們不曾選擇的人類處境。」

反叛我們不曾選擇的人類處境。最後這句話，是他即興演出的精華，連他自己也感到驚訝；而且，這句話還真美，立刻帶他遠離了政客式的預言，讓他和他的國家最偉大的心靈有所聯繫——卡繆才寫得出這樣的句子吧，或者是馬勒侯，或者是沙特。

殷瑪庫拉妲很高興，她向攝影師打了個信號，攝影機於是停了下來。

就在這時候，捷克學者走到貝爾柯身邊，對他說：「您說得真精采，真的，很精采，可是請容我告訴您，密茨凱維奇不是……」

貝爾柯做完公開演出之後，總是很自我陶醉；他以堅定、嘲諷而刺耳的聲音打斷捷克學者的話：「我知道，我親愛的同行，我跟您一樣，我也很清楚密茨凱維奇不是昆蟲學家。確實很少有詩人是昆蟲學家。可是儘管有這樣的缺陷，詩人依舊是全人類的驕傲，而昆蟲學家——如果您允許的話——他們也是人類的一部分。」

一陣哄堂大笑，宛如壓在鍋裡許久的蒸氣乍然宣洩；其實，打從這些昆蟲學家發現這位被自己感動的先生忘記讀他的講稿之後，他們就很想笑了。貝爾柯說了這些放肆的話，終於讓他們不再有所顧忌，放心地笑鬧，毫不掩飾他們有多開心。

捷克學者愣住了，他的同行們幾分鐘前才對他展現的敬意到哪兒去了？他們怎麼可能笑呢？怎麼可能笑得這麼忘形呢？從崇拜到輕視竟然這麼容易？（沒錯，我親愛的先生，事情就是這樣。）人們的同情竟然這麼脆弱，這麼不可靠？（當然是的，我親愛的先生，當然是這樣。）

在此同時，殷瑪庫拉妲也走到貝爾柯的身邊。她像喝醉酒似地大呼小叫：「貝爾柯，貝爾柯，你太棒了！這就是你！噢，我就是喜歡你這種嘲諷！而且你就是用這種嘲諷折磨我的！你還記得高中的時候嗎？貝爾柯，貝爾柯，你記不記得你那時候叫我殷瑪庫拉妲！讓你睡不著覺，騷動你睡夢的夜鶯！我們一定要一起拍一部片子，一部關於你的影片。你應該同意，只有我有資格拍這部片子吧。」

貝爾柯整了捷克學者一頓，引來昆蟲學家的哄堂大笑，這笑聲始終迴盪在他的腦海裡，令他陶醉；在這樣的時刻，他的心裡總是充滿一種巨大的自我滿足感，讓他做出一些率直魯莽的事，連他自己都經常被嚇到，所以我們就先原諒他接下來要做的事吧。他抓住殷瑪庫拉妲的手臂，把她拉到一旁，免得被那些不相干的人聽到，他低聲對她說：「你給我滾，你這個老妓女，跟你那些有病的老妓女一起滾吧，給我滾，什麼夜鶯還是夜裡嚇人的怪物，夜裡的惡夢，我的傻事備忘錄，我的蠢事紀念碑，我回憶裡的垃圾，我青春時代的臭騷尿……」

她聽著貝爾柯說話，卻不敢相信她聽到的真的是她聽到的那些話。她覺得這些話很嚇人，貝爾柯說這些話是給別人聽的，是為了故布疑陣，是為了欺騙聽眾，她認為這些話只是貝爾柯的詭計，所以她沒辦法直接聽懂；於是她溫柔地、傻乎乎地問了：「你為什麼跟我說這些話呢？為什麼呢？我該怎麼理解這些話？」

「我怎麼說，你就該怎麼理解！從字面上的意義去理解！從最表面的意義去理解！妓女就是妓女，惹人厭就是惹人厭，惡夢就是惡夢，尿就是尿！」

24

這一整段時間裡，樊生都從大廳的吧檯觀察著他輕蔑的對象。整齣戲就在距離他約莫十公尺的地方上演，這段對話他卻一點也聽不懂。不過有一件事似乎是很清楚的：在他看來，貝爾柯的表現確實跟彭特凡平常描繪的一樣——他是個媒體小丑，譁眾取寵，自以為是，他是個舞者。毫無疑問，就是因為他的出現，才會有一組電視台的人跑來眷顧這些昆蟲學家！樊生專心地觀察貝爾柯，一邊研究他的舞者技藝——他盯著攝影機不放的眼神，他永遠卡在別人前面的巧妙步法，他吸引別人看他的優雅手勢。貝爾柯抓住殷瑪庫拉妲手臂的那一刻，他終於忍不住大叫：「大家看哪，他唯一感興趣的，就是電視台的女人！他抓的不是他外國同行的胳膊，他根本不在乎他的同行，尤其是外國的同行，只有電視台是他唯一的主人，是他唯一的女主人，是他唯一的情婦。我敢打賭，他沒有別的情婦，我敢打賭，他是全天下最沒種的男人！」

奇怪的是，這一次，儘管他的聲音這麼微弱而惹人厭，卻讓人聽得一清二楚。其實有一種情況，不管聲音多小都有人聽得見，那就是這個聲音講述的事情刺激到別人的時候。樊生闡述著他的想法，他很風趣，也很尖銳，他談到舞者以及舞者與天使定下的契約。他對自己的雄辯滔滔越來越得意，他堆疊他誇張的修辭宛如沿著一層層的台階走上天梯。有個戴眼鏡、穿三件式西裝的年輕人耐心地聽著他，看著他，彷彿野獸在窺伺獵物。

樊生的滔滔雄辯耗盡之後，他說：「親愛的先生，我們沒辦法選擇我們出生的時代。我們每個人都活在攝影機的注視下，這已經是人類處境的一部分了。就算我們在進行戰爭，也是在攝影機的眼裡進行的。而我們想抗議什麼事情的時候，沒有攝影機的話，根本就沒辦法讓人聽到我們要說的事。我甚至要說：要嘛我們就是舞者，要嘛我們就是逃兵。親愛的先生，您似乎對於時代在往前走感到遺憾哪。那麼您就往回走啊！回到十二世紀啊，您願意嗎？可是您一回到那個時代，您又會抗議那些大教堂，說它們是不文明的現代事物！那您回去跟猴子生活在一起啊！那裡沒有任何現代事物會威脅您，您在那兒就安心了，您會活在猿猴純潔無瑕的天堂裡！」

最可恥的情況就是別人對你發動尖刻的攻擊，而你卻找不到尖刻的言語來反擊。在無法形容的尷尬中，在嘲笑中，樊生懦弱地退卻了。經歷了一分鐘的沮喪，樊生想起茱莉在等他，他一口喝乾手上還沒動過的那杯酒，然後，他把空酒杯放在吧檯上，又拿了兩杯威士忌，一杯給他自己，一杯要拿給茱莉。

25

穿三件式西裝的男人的形象像根刺一直扎在他心裡，揮之不去；這種事發生在他想要勾引女人的時候尤其痛苦。要是這根扎人的刺一直占據著他的思緒，那他要如何勾引這個女人？

茱莉發現他不太對勁：「你去哪兒去了這麼久？我還以為你不回來

了。我以為你想把我甩了。」

他知道茱莉心裡想著他，那根刺因此變得比較不扎人了。他想要再次展現他的魅力，但是茱莉還是有點疑心。

「你別編故事，你從剛剛開始就不一樣了。你遇到了認識的人？」

「沒有啊，哪裡有什麼認識的人。」樊生說。

「有，一定有。你遇到了一個女人。我跟你說，如果你想跟她走，沒有關係，反正半小時以前我也還不認識你。我可以當我沒認識過你。」

她越來越難過，而對男人來說，世上最好的安慰劑莫過於有個女人因他而難過。

「真的沒有，你相信我，沒有什麼女人。我只是遇到一個惹人厭的傢伙，一個可憐的白痴，我跟他吵了一架。事情就是這樣，就是這樣囉。」然後他輕撫她的臉頰，樊生如此真情，如此溫柔，茱莉於是不再疑心。

「難怪，樊生，你整個人都跟剛才不一樣了。」

「來，」樊生說，他邀茱莉跟他一起走到吧檯。他想要猛灌威士忌，把那根刺從他的心裡拔掉。那個穿三件式西裝的優雅男子還在那裡，附近還有其他人。這傢伙的旁邊沒有任何女人，這讓身旁有茱莉為伴的樊生很得意，每一刻他都覺得茱莉變得更漂亮了。他又拿了兩杯威士忌，一杯遞給茱莉，一杯自己很快地喝了，然後他靠在茱莉的身邊說：「你看那邊，那個穿三件式西裝、戴眼鏡的白痴。」

「那個男的？樊生！他很遜，遜得要命啊！你理他幹嘛？」

「你說得對。他根本就是變態。他性無能。他沒種。」樊生說。他感到茱莉的存在讓他遠離了自己的挫敗，因為真正的勝利，真正有價值的，是在這些沒有情慾、可憐兮兮的昆蟲學家的地盤上，全速搭上一個女人並且征服她。

「遜，遜，遜，我跟你保證，」茱莉說了好幾次。

「你說得對，」樊生說，「如果我還繼續理他，我就會變得跟他一樣白痴，」就在那裡，在吧檯邊，當著所有人的面，他吻了茱莉的嘴。

這是他們的第一個吻。

他們走到城堡的大花園，漫步，停步，再次擁吻。後來，他們在草坪上看到一張長椅，坐了下來。遠處傳來河水潺潺的聲音。他們心神蕩漾，卻不知為了什麼緣故；可是我知道，他們聽見了T夫人的河水的聲音，那是她豔情夜的河流；從時光的深井裡，縱情享樂的世紀偷偷地向樊生致意。

而樊生，彷彿收到了這個訊息，他說：「從前，在這座城堡裡，經常有狂歡的聚會。十八世紀，你知道的。薩德，薩德侯爵。《閨房裡的哲學》（*La philosophie dans le boudoir*）。你知道這本書嗎？」

「我不知道。」

「這本書你一定要看。下次我借給你。那是兩男兩女在一場狂歡聚會裡的對話。」

「嗯。」她說。

「這四個人都一絲不掛，正在做愛，所有人都一起做。」

「嗯。」

「你也會喜歡這樣的，不是嗎？」

「我不知道。」她說。可是這句「我不知道」並不是反對，而是令人感動的真誠反應，出自一種堪稱楷模的謙遜。

要拔掉一根刺可不是那麼容易。我們可以忍受痛苦，壓抑痛苦，假裝我們不再想它，但是這種假裝很勉強。樊生如此熱切談論薩德以及他的狂歡會，並不是因為他想讓茱莉墮落，而是因為他努力想要忘記那個穿三件式西裝的優雅男子對他的冒犯。

「你當然知道，」他說，「而且你知道得很清楚。」他摟住她，親吻她。「你很清楚，你會喜歡這樣的。」他還想引述《閨房裡的哲學》這本荒唐奇書裡的諸多格言，還想提起書中的幾個場景。

後來，他們站了起來，繼續散步。一輪明月從葉簇裡透出來，樊生望著茱莉，突然間，他被迷住了——白色的月光把仙女的美麗賦予這個女孩子，這美麗令他驚訝，這種美是新的，他最初看見茱莉時並未察覺這種纖細、脆弱、聖潔、無法親近的美。霎時之間，他甚至不知道是怎麼回事，腦海裡浮現了茱莉的屁眼的形象。這形象突如其來地出現在那裡，揮之不去。

啊，救苦救難的屁眼！多虧這屁眼，那個三件式西裝的優雅男子（終於啊，終於！）消失得無影無蹤。幾杯威士忌都辦不到的事，一個屁眼在一秒鐘之內就辦到了！樊生摟住茱莉，親吻她，撫摸她的乳房，凝視她細緻如仙女般的美，而在此同時，他也不斷想像著她的屁眼。他極其渴望要告訴她：「我撫摸你的乳房，但是我滿腦子都是你的屁眼。」但是他不能這麼做，這幾個字他說不出口。而他越是想著茱莉的屁眼，茱莉就顯得越是白皙，越像天使，他根本沒辦法人聲說出這幾個字。

26

薇拉睡了，而我，站在敞開的窗前，看著兩人在月光下漫步在城堡的大花園。

突然間，我聽到薇拉的呼吸加快，我轉身走到床邊，發現薇拉一會兒就要大叫了。我從來沒見她做過惡夢！這城堡究竟有什麼問題！

我把她叫醒，她兩眼圓睜，驚恐地望著我。後來她把夢說給我聽，急匆匆地，像是熱病發作：「我剛才在這家旅館裡，在一條很長的走廊上。突然間，遠處出現一個男人向我跑來，跑到距離大約十公尺的時候，他開始大叫。而且，你可以想像嗎，他講的是捷克文耶！那些話真是莫名其妙：『密茨凱維奇不是捷克人！密茨凱維奇是波蘭人！』然後他越走越近，樣子很嚇人，離我只有幾步的距離，就在這時候，你把我叫醒了。」

「對不起，」我對薇拉說，「是我的小說害了你。」

「什麼？」

「你的夢就像個字紙簍，我把寫得太蠢的那幾頁丟在裡頭。」

「你在鬼扯什麼？是你的小說嗎？」她不安地問我。

我低下頭。

「你常跟我說，有一天，你要寫一本小說，裡頭沒有一句話是正經的。蠢話連篇只為逗人開心。我很擔心，這一天是不是已經來了。我只想提醒你：小心一點哪。」

我的頭更低了。

「你還記得你媽媽是怎麼跟你說的嗎？那些話彷彿不過是昨天的

事，她說：米蘭昆，別再開玩笑了，沒有人會理解你的。你會惹火所有人，所有人最後都會討厭你。你還記得嗎？」

「記得啊。」我說。

「我告訴你，以前是那些正經的東西在保護你。如果你不正經，就會把自己赤裸裸地暴露在野狼面前。你也知道，他們在等著你啊，那些野狼。」

說完這些可怕的預言，她又睡著了。

27

差不多就在這時候，捷克學者走回他的房間，神情沮喪，靈魂受傷。他的耳朵始終充斥著笑聲，那是貝爾柯挖苦他之後爆出的笑聲。而他一直很納悶：人們真的可以這麼輕易地從崇拜轉變成輕視？

其實，我也問自己，崇高的全球歷史性的時事覆在他額上的吻是何時消失的。

那些逢迎時事的人搞錯的地方就在這裡。他們不知道，歷史擺放在舞台上的情境只有最初幾分鐘才有聚光燈的照明。沒有任何事件在它發生的整個期間都是時事，只有一小段非常短暫的時間，就在最初最初的時候。數百萬觀眾貪婪地看著索馬利亞垂死的孩童，這些孩子後來就不死了嗎？他們後來怎麼了？胖了還是瘦了？索馬利亞是否依然存在？終究，索馬利亞真的存在過嗎？這名字難道不就是個海市蜃樓嗎？

我們講述當代歷史的方式就像是一場大型音樂會，我們在其中連續表演一百三十八號貝多芬的作品，但是每一號作品都只演奏最前面的八個小節。十年之後，如果我們再辦同樣的音樂會，我們只會演奏每一號作品的第一個音符，也就是說，整場音樂會就是一百三十八個音符，讓人當作一段旋律表演出來。而二十年後，貝多芬的所有音樂將會化約為一個極長的高音，就像他聾掉那天聽到的唯一一個音符，極其尖銳，無窮無盡。

捷克學者沉浸在他的感傷裡，可是有個念頭宛如某種安慰，浮現在他腦海裡：他從建築工地的英雄勞動年代（所有人都想忘記這個年代）留下了一個實質的、具體可見的紀念品，那就是他一身雄偉的肌肉。他的臉上露出一抹滿足而謹慎的微笑，他很確定，這裡沒有任何人擁有像他這樣的肌肉。

是的，您相信也好，不信也罷，這看似可笑的念頭確實讓他覺得很舒坦。他把外套一丟，趴在地上，接著，用手臂把身體撐了起來。他做了二十六下伏地挺身，他對自己感到相當滿意。他想起當年，他和工地那幫朋友在下工之後，經常去工地後頭的池塘游泳。老實說，當時比起今天在這個城堡裡要快樂一百倍。那些工人叫他愛因斯坦，大家都很喜歡他。

他突然想去旅館那個漂亮的游泳池游泳，這念頭很輕浮（他意識到這種輕浮的感覺，甚至覺得開心）。他心裡有一種愉快的虛榮，而且他完全意識到這種虛榮，他想要在這個矯揉造作，繁文縟節一大堆，而且又陰險的國家，在這個國家虛弱的知識分子面前展現他的身體。還好，他從布拉格把游泳褲帶來了（他不管到哪裡都會帶著游泳褲），他穿上泳褲，看著鏡子裡近乎全裸的自己。他勾起手臂，鼓脹的二頭肌雄偉極了。「如果有人想否定我的過去，我的肌肉在這裡，這是無可辯駁的證據！」他想像他的身體正繞著游泳池畔散步，向法國人展示完美的體型，讓他們知道世界上還有這種最基本的價值。這種完美是他可以拿出來炫耀的，是他們一無所知的。後來，他想到這樣光溜溜地走在旅館的走廊上似乎不太得體，於是他穿了一件汗衫。剩下的問題就只有那雙腳了。他覺得光腳跟穿皮鞋一樣不得體；他於是決定只穿襪子。他就這麼穿，又照了一次鏡子。再一次，他的感傷與自豪交融，再一次，他對自己充滿信心。

28

屁眼。我們可以用別的方式來說它，譬如，像詩人紀堯姆．阿波里奈爾（Guillaume Apollinaire）說的：你身體的第九道門。他關於女人的九道門的詩有兩個版本：第一個版本，他附在一九一五年五月十一日在戰壕裡寫的情書，寄給他的情婦露，另一個版本，他從同樣的地方寄給另一個情婦瑪德蓮，時間是同年的九月二十一日。這兩首詩都很美，各自有不同的想像，但是詩的構成方法是相同的——每一節都描寫他深愛的女人身體上的一道門：一個眼睛，另一個眼睛，一隻耳朵，另一隻耳朵，右邊的鼻孔，左邊的鼻孔，嘴巴，然後，在寫給露的詩裡是，「你屁股的那道門」，最後是，第九道門，陰戶。然而，在第二首詩裡（寫給瑪德蓮的那首），詩的最後兩道門有一點奇怪的變化。陰戶往後退到第八的位子，而屁眼則開啟在「兩座珍珠山峰之間」，變成了第九道門——「比其他的門更神秘」，這是「人們不敢談論的巫術之門」，是「至高無上之門」。

我想到這兩首詩相隔的四個月又十天，阿波里奈爾在戰壕裡，在強烈的情色幻想裡沉浸了四個月，這些幻想讓他改變了觀點，帶給他這樣的啟示：屁眼才是神蹟之點，裸體的全部核能都集中在那裡。陰戶之門當然也很重要，（當然啦，有誰敢否認呢？）可是陰戶的重要性太正式了，這個地方登記有案，而且被歸類、管制、評論、檢查、實驗、監視、歌頌、禮讚。陰戶：喧譁的十字路口，聒噪的人類相會之處，世世代代必經的隧道。只有傻瓜才會相信這個最公開的地方很隱密。唯一真正隱密的地方（連色情電影碰上這裡的禁忌都要低頭），就是屁眼，至高無上之門；至高無上，因為這道門最神秘，最隱密。

這樣的智慧，阿波里奈爾在槍林彈雨下，花了四個月才參透，樊生不過和這位被月光照得白皙可人的茱莉散個步就想通了。

29

如果我們只能說那麼一件事，而又沒辦法說它，這種情況實在很慘——沒說出口的屁眼塞在樊生的嘴裡，就像一付馬銜，封住了他的嘴。他仰望天空，彷彿向蒼天求援。而天空也如他所願地給他送來詩意的靈感。樊生喊著：「你看！」同時用手指著月亮的方向。「月亮就像個屁眼，在天空搖晃！」

他回頭看茱莉。白皙而溫柔的她微笑著說：「對啊。」因為打從一個小時以前，她就已經打定主意，不管從樊生的嘴裡說出什麼，她都要讚嘆一下。

樊生聽到這聲「對啊」還不滿足。茱莉說話的樣子聖潔得跟仙女一樣，而樊生想聽到她說「屁眼」。他渴望看到她那張仙女的嘴巴說出這個字眼，噢，他多麼渴望啊！他想對她說：跟著我說，屁眼，屁眼，屁眼，但是他不敢。他沒這麼做，反而掉進自己能言善道的陷阱，在自己的隱喻裡越陷越深：「屁眼放出黯淡的光，填滿了宇宙的肚腸！」他展開手臂對著月亮說：「前進，向那永無止境的屁眼前進！」

我忍不住要對樊生這場即興演出做一點小小的評論：他坦承自己對屁眼的執念，他以為這樣就可以實現他對十八世紀，對薩德以及那一整幫放蕩之徒的迷戀；但是他的力量似乎不夠強大，不足以徹底、全面地追隨這種執念，結果另一種極其不同甚至對立的傳承，一種屬於十九世紀的傳承，跑來助了他一臂之力；換句話說，只有用抒情詩的方式，只有把那些美麗而放蕩的執念轉化為隱喻，他才說得出口。於是他把放蕩的精神獻祭給詩的精神。至於屁眼，他把它從女人的身體送上了天空。

啊，這樣的移轉讓人遺憾，讓人看了痛苦啊！繼續跟著樊生走這條路讓我很難受：他左突右竄，陷在他的隱喻之中，宛如蒼蠅掉進漿糊裡；他還在那兒大叫：「天空的屁眼就像神的攝影機的孔眼！」

茱莉彷彿察覺了他們的困境，於是出手打碎這一連串詩意的演化，她指著窗後燈火通明的大廳說：「差不多所有的人都走了。」

他們走回大廳。確實，會議桌前只剩下幾個還在流連的人。三件式西裝的優雅男子已經不在那裡了。然而，他的不在卻以如此強大的力量讓樊生想起他的存在，樊生又聽到了他的聲音，冰冷，惡意，伴隨著同行們的笑聲。他又覺得羞愧了——他在他面前怎麼會這麼慌張？怎麼會這麼可憐兮兮地說不出話來？他想盡辦法要把他從腦子裡趕出去，可是卻辦不到，他又聽到了這些話：「我們每個人都活在攝影機的注視下。這已經是人類處境的一部分了……」

他在這兩句話上停住了，完全忘記茱莉的存在，他很驚訝，事情實在太詭異了：這個優雅男人的論點跟他自己前不久拿來反對彭特凡的想法幾乎一模一樣：「如果你要介入一場公眾衝突，你要引起大家對一件敗行劣跡的注意，你要幫助一個受迫害者，在這個時代，你有什麼辦法可以不當或是不像舞者呢？」

他會被那個優雅男人搞得這麼窘，是不是就為了這個原因？樊生的論點和那個人太接近，所以他無法攻擊那個人？我們是不是都活在同樣的陷阱裡？我們是不是都因為世界在腳下猝然變成沒有出路的舞台而嚇了一跳？這麼說來，樊生想的事和這個優雅男人想的事，沒有什麼真正的差別囉？

不，這種想法讓人無法忍受！樊生鄙視貝爾柯，也鄙視那個優雅的男人，他的鄙視先於他所有的判斷。頑固的他，努力捕捉著他們和他的差異，後來，他終於清清楚楚地看到了：他們都是卑微的僕人，他們高高興興地接受強加在自己身上的人類處境——他們當舞者當得很快樂。

可是他，就算他知道沒有任何出路，他還是宣稱自己跟這個世界不合拍。此刻，他想出來了，那時候他應該當面回敬那個優雅男人：「如果活在攝影機的注視下已經成了我們的處境，那我要反叛它。因為我並沒有選擇這樣的處境！」這麼回應就對了！他靠在茱莉身邊，沒頭沒腦地對她說：「我們還能做的唯一一件事，就是去反叛我們不曾選擇的人類處境！」

茱莉對樊生這些突兀的句子已經習慣了，她覺得這句話很棒，於是用一種戰鬥的語氣回答說：「當然！」而「反叛」這個字眼彷彿讓茱莉充滿某種開心的能量，她說：「我們走吧，去你的房間。」

就這麼一下，那個優雅的男人又從樊生的腦袋裡消失了，樊生望著茱莉，他被茱莉說的最後一句話迷住了。

茱莉也被迷住了。吧檯附近還有幾個人，在樊生和她說話之前，她就跟這群人在一起。這些人當她不存在似的，讓她有一種被羞辱的感覺。現在，她一副不可一世，不可侵犯的樣子，她看著這些人，這些人她再也看不上眼了。她眼前有個豔情夜，那是她靠自己的意志，靠自己的勇氣得到的；她覺得自己很富足，很幸運，比那裡的每一個人都強。

她在樊生的耳邊輕聲說：「這些傢伙都是性無能。」她知道這是樊生會說的話，她說給他聽，讓他知道她把自己交給了他，她是屬於他的。

彷彿茱莉把一顆填了欣快劑的手榴彈放在他手上。他現在可以跟這位帶著屁眼的美麗女人離開，直接去他的房裡，但是，他彷彿遵從著遠方傳來的命令，他覺得自己一定得先在這裡大鬧一場。一股心醉神迷的亂流突然襲來，裡頭夾雜著屁眼的形象，夾雜著即將到來的性交，夾雜著優雅男子嘲諷的聲音，以及彭特凡的身影——他真是個不折不扣的托洛斯基，躲在巴黎的地下掩體裡，遙控著一場大騷亂，一場亂七八糟的反叛行動。

「我們去游泳。」樊生對茱莉說，他跑下樓梯，往游泳池的方向跑去。此刻游泳池空無一人，從樓上往下看，有如劇場的舞台。他解開襯衫的釦子。茱莉向他跑來。「我們去游泳，」他又說了一次，然後把長褲一丟。「把衣服脫掉！」

30

貝爾柯對殷瑪庫拉妲說的那些狠話是低聲說的，像吹氣似的，周圍沒有人知道發生在他們眼前的這齣悲劇的真相。殷瑪庫拉妲裝出若無其事的樣子；貝爾柯離開之後，她往樓梯的方向走去，然後上了樓梯，終於一個人走在通往旅館房間的走廊上，這時，她才發現自己走路搖搖擺擺的。

半個小時之後，攝影師回到他們兩人共住的房間，發現殷瑪庫拉妲趴在床上。

「你怎麼了？」

她不回答。

他坐在她身邊，把手放在她的頭上。她把他的手抖掉，彷彿碰她的是一條蛇。

「你到底怎麼了？」他又問了好幾次同樣的問題，直到她說：「拜託你去漱漱口好不好，我受不了你的口臭。」

他沒有口臭，他洗澡都有抹肥皂，身體清潔方面他可是一絲不苟的，所以他知道殷瑪庫拉妲亂講，但是他還是乖乖地去浴室做了她命令的事。

口臭並非無端出現在殷瑪庫拉妲的腦子裡，那是剛剛發生的事，事發當時被她立刻壓抑下去，現在才跑出來讓她說出這麼難聽的話——那是剛才貝爾柯的口臭。殷瑪庫拉妲整個人被擊垮的時候，只是聽著貝爾柯的咒罵，根本無暇理會他呼出來的氣是什麼味道，那是藏在她身體裡的觀察者替她記錄下來的，而且還給這個令人作嘔的氣味加上一段精闢而具體評論：有口臭的男人沒有情婦，沒有女人能跟這種氣味和平共存；每個女人都會找到辦法讓他明白他很臭，並且逼他除去這個缺陷。殷瑪庫拉妲被那些咒罵轟炸的時候，她聽著心裡這段無聲的評論，覺得非常愉快並且充滿希望，因為這讓她明白了一件事，儘管貝爾柯很巧妙地讓一些美麗婦人的影子圍繞在身旁，但是他已經無視這些風流韻事的存在很久了，在他的床上，他身旁的位子是空著的。

這位既浪漫又實際的攝影師一邊漱口，一邊想著，要改變他女朋友的壞心情，唯一的辦法就是盡快跟她做個愛。所以他在浴室裡換了睡衣，腳步遲疑地走回去坐在床邊，坐在殷瑪庫拉妲的身旁。

他不敢碰她，只是再說了一次：「你怎麼了？」

殷瑪庫拉妲無情而果斷地答道：「如果你只會跟我說這句蠢話，我想我跟你已經沒什麼話好說了。」

她站起來，走向壁櫥，凝望著裡頭吊著的那麼幾件洋裝；這些洋裝吸引著她，喚醒她心裡既模糊又強烈的欲望，要她不可以讓自己被趕下舞台，要她再次穿越自己的恥辱，要她不可以接受失敗，就算真的失敗了，也要把失敗轉化為一場偉大的演出，她將在舞台上讓她受創的美發光發亮，炫示她反叛的驕傲。

「你幹嘛？你要去哪裡？」攝影師說。

「我要去哪兒不重要，重要的是我不想跟你一起待在這裡。」

「你跟我說，你到底怎麼了？」

殷瑪庫拉姐望著她的洋裝說：「第六次。」容我插句話，她可沒算錯。

「你表現得無懈可擊啊，」攝影師對她這麼說，他決定不管她的心情了。「我們來這裡是對的。我覺得你那個貝爾柯的節目很成功，我還點了一瓶香檳到房裡來慶功呢。」

「你要跟誰喝什麼都可以。」

「你到底怎麼了？」

「第七次。我跟你已經結束了。永遠結束了。我受夠了你嘴裡發出來的臭味。你是我的惡夢。你是我的夢魇。我的失敗。我的羞恥。我的恥辱。你讓我覺得噁心。我不得不告訴你。這麼突兀地告訴你，我不想再拖下去了，這已經沒有任何意義了。」

她站著，面對打開的壁櫥，背對攝影師，她冷靜、從容、低聲地說，像吹氣似的。然後，她開始脫衣服。

31

這是她第一次這麼不怕羞，這麼大剌剌，這麼不在乎地在他面前脫衣服。她這樣脫衣服的意思是：你在我面前，在這裡出現，沒有任何意義；你的存在跟一隻狗或一隻老鼠沒有兩樣。你的目光不會導致我身體運作的絲毫改變。我在你面前什麼事都可以做，不論多麼不得體的事我都做得出來，我可以在你面前嘔吐，在你面前洗耳朵或洗下體，在你面前自慰，撒尿。你是個無眼無耳無頭的人。我的目中無人就是一件大衣，讓我在你面前自由自在毫不害臊地行動。

攝影師看著情人的身體在他眼前變得截然不同——這具身體先前是那麼輕易、快速地投入他的懷抱，現在卻矗立在他面前，宛如一尊希臘雕像立在百公尺高的石基上。他的慾火熾烈，這種怪異的欲望不是展現在肉慾上，而是充滿他的腦袋，而且只在腦袋裡，這種欲望是一種腦部的執迷，執念，神秘的瘋癲，確信這具身體（而不是任何其他的身體）注定要填滿他的生活，他的一生。

殷瑪庫拉妲感受到這股執迷、這股忠誠緊緊黏貼在她身上，她的心底卻湧上一陣冷冰冰的波濤。她自己也感到驚訝，因為她從來不曾有過這麼冰冷的感覺。這種冰冷的波濤的存在就像熱情的波濤、激情的波濤或憤怒的波濤一樣。因為這種冷冰冰的感覺確實是一種激情；彷彿攝影師的絕對忠誠與貝爾柯的徹底拒絕是她要反抗的同一種厄運的兩個面向；彷彿貝爾柯的粗暴無禮把她拋到她平凡情人的懷裡；彷彿她對付這種粗暴無禮的唯一方法就是對這個情人的絕對怨恨。這就是為什麼她如此憤怒地拒絕了她的情人，還希望把他變成老鼠，再把這隻老鼠變成蜘蛛，再把蜘蛛變成蒼蠅，最後讓他被另一隻蜘蛛吞下去。

此刻，她已經穿上一件白色的洋裝，決定走下去讓貝爾柯和其他人看。她很高興自己帶了一件白色的洋裝，這是婚禮的顏色，她覺得自己正在經歷結婚的日子，這是一場亂七八糟的婚禮，沒有新郎的悲劇婚禮。她的白色洋裝底下是一個不公正的事件帶給她的創傷。因為這個事件，她覺得自己變偉大了，因為這個事件，她覺得自己變美麗了，就像那些悲劇人物因為他們的不幸而美麗。她走向門口，她知道自己後腳一出門，攝影師的前腳也會跟著踏出去，像一隻崇拜主人的狗在後頭亦步亦趨，她希望他們就這樣穿過城堡，一對悲涼荒唐的伴侶，一個女王後頭跟著一隻雜種狗。

32

但是被她降級成狗的這位，讓她吃了一驚。他站在門口，而且神情憤怒。他自願被馴服的意志力突然耗盡了。一股絕望的慾念湧上心頭，要他反對這種美麗用不公正的方式羞辱他。他沒有勇氣給她一記耳光，他沒有勇氣打她，把她甩到床上，強暴她，但越是如此，他就越渴望做一些不可挽回的事，做一些無比粗魯、蠻橫的事。

她不得不在門口停下來。

「讓我過去。」

「我不會讓你過去的。」他說。

「你對我來說已經不存在了。」

「什麼，我已經不存在了？」

「我不認識你。」

他笑了，但那是一種氣憤的笑：「你不認識我？」他扯高嗓門說：「今天早上我們才幹過！」

「我不准你這樣跟我說話！我不准你對我說這種話！」

「今天早上你自己才剛對我說過這種話，你對我說，幹我，幹我，幹我！」

「那時候我還愛你，」她的語氣有點尷尬，「但是現在這幾個字就是粗話。」

他大聲吼著：「總之我們幹過！」

「我不准你這麼說！」

「昨天晚上我們還幹過，我們幹過，我們幹過！」

「住口！」

「為什麼你早上受得了我的身體，晚上就受不了了？」

「你很清楚我討厭粗俗！」

「我才不管你討厭什麼！你是個妓女！」

啊，他不應該說出這個字眼的，貝爾柯也用這字眼罵過她。她大叫：「我討厭粗俗，也討厭你！」

他也大叫：「那你就是跟你討厭的人幹了！會跟她討厭的人幹的女人，不折不扣就是妓女，就是妓女，就是妓女！」

攝影師說的話越來越粗魯，殷瑪庫拉妲的臉上浮現出恐懼。

恐懼？她真的怕他嗎？我不覺得，因為她的心裡很清楚，這種叛變不必看得太嚴重。她知道攝影師的順從性格，對此她一向很有把握。她知道他是希望被聽見、被看見、被當一回事，所以才罵人的。

他辱罵她是因為他太弱，既然沒有力量，就只能粗暴無禮，說些蠻橫的話。如果她愛他，就算只有一點點愛意，她也會被這絕望無力的情緒爆發所軟化。可是她沒有軟化，反而感受到一股狂熱的渴望，想要折磨他。正是為了這個原因，她決定一字一句地把他的話聽進去，她決定相信他的辱罵，並且因此恐懼。正因如此，她刻意驚恐的雙眼盯著他不放。

他在殷瑪庫拉妲的眼裡看見恐懼，得到了鼓勵——平常時候，害怕、讓步、道歉的人都是他，突然間，由於他讓她見識到他的力量、他的憤怒，現在換她發抖了。他心想，她正在承認她的軟弱，她正在屈服，他拉高嗓子繼續說他那些蠻橫又無力的蠢話。可憐哪，他不知道自己永遠都在殷瑪庫拉妲的手掌心，他不知道自己始終是她操弄的東西，就算此刻他以為自己在怒氣之中找到了力量和自由，事情還是沒有改變。

她對他說：「你讓我覺得害怕。你很可惡，你很暴力。」可憐哪，他不知道這是一項永遠無法撤銷的控訴，而他這個好心又順從的懦夫一錯就不能回頭，從此成了暴力犯和野蠻人。

「你讓我覺得害怕。」她又說了一次，然後推開他，想走出去。

他讓她過去了，然後跟著她走，像一隻雜種狗跟在女王的後頭。

33

裸體。我留了一份一九九三年十月《新觀察家》週刊的剪報，有一項調查是這樣的：針對一萬兩千名自稱左派的人，寄出一份包括兩百一十個詞的清單，受訪者得在這份清單上勾選出讓他們著迷的詞，讓他們很有感覺的詞，吸引他們的詞，和他們喜歡的詞；幾年前，他們也做過相同的調查，那時候，在同樣的兩百一十個詞裡，有十八個詞是這些左派人士共同喜歡的，而且他們肯定對這些詞有共同的感覺。到了今天，得到左派人士喜愛的詞只剩下三個。左派人士共同喜歡的詞只有三個？噢，真是慘跌！噢，真是衰退啊！這三個詞是什麼呢？聽清楚了：反叛、紅色、裸體。反叛與紅色，這是當然的。可是除了這兩個詞之外，竟然只有裸體可以打動左派人士的心，只有裸體依舊是他們共同的象徵性文化遺產，這就很令人驚訝了。兩百年前法國大革命莊嚴地揭開序幕的這段歷史留給我們的就是這個嗎？羅伯斯庇爾（Robespierre）、丹東（Danton）、喬黑斯（Jaurès）、羅莎・盧森堡（Rosa Luxemburg）、列寧（Lénine）、葛蘭西（Gramsci）、阿哈貢（Aragon）、切・格瓦拉（Che Guevara）留給我們的傳承就是這個嗎？裸體？裸露肚子，裸露下體，裸露屁股？左派最終的分隊就聚集在這面旗幟下，繼續佯裝跨世紀的偉大進軍嗎？

可是為什麼偏偏是裸體？左派人士在一家研究調查機構寄來的清單上勾選的這個詞，對他們來說，意謂著什麼？

我想起七〇年代德國的一群左派人士，他們為了展現他們的憤怒（我也忘了這些人是要反對某一座核能電廠，反對某一場戰爭，反對金權政治，還是什麼……），他們脫光了衣服，就這樣去遊行，在德國的一個大城市裡邊走邊喊。他們的裸體要表達的是什麼？

第一個假設：對他們來說，裸體代表最珍貴的一種自由，最受威脅的一種價值。德國的左派人士裸露他們的性器，穿越城區，就像受迫害的基督徒扛著十字架去赴死。

第二個假設：德國的左派人士並不想高舉某種價值的象徵，而僅僅是想讓他們厭惡的公眾覺得不舒服。嚇嚇他們，惹火他們，讓他們不舒服。用大象的大便轟炸他們。把全世界的陰溝水都排到他們身上。

奇怪的矛盾：裸體象徵的到底是所有價值中最偉大的價值？還是人們拿來當作糞便炸彈投到敵人陣營裡的最污穢的穢物？

那麼，對樊生來說——他又對茱莉重複了一次：「把衣服脫掉。」—

還加上一句：「讓這些雜種看一場偉大的即興演出！」——裸體代表什麼？

對茱莉來說——她溫馴甚至帶點熱情地說：「好啊。」然後解開她洋裝的釦子——裸體又代表什麼？

34

他裸著身子。他還是為了裸身感到有點驚訝，他一邊笑一邊輕咳，時而自顧自地笑，時而對著茱莉，因為裸身在這玻璃屋頂的大空間裡，讓他不自在到無法思考，滿腦子想的都是這情境有多麼怪誕，其他什麼事都沒法想。茱莉已經脫了胸罩，接著是內褲，可是樊生並沒有真正看見她——他發現茱莉裸著身子，但是他不知道茱莉裸體是什麼模樣。大家還記得吧，片刻之前，他還揮不去茱莉的屁眼的形象，現在，這個屁眼從絲質內褲裡頭跑了出來，他還在想嗎？不，屁眼已經從他的腦袋裡蒸發了。他並沒有凝神看望這具在他面前裸露的身體，他並沒有靠近這具身體，緩緩地感受它，甚至摸它，他只是轉身跳入水裡。

樊生這個男孩子可真奇怪，他猛批那些舞者，他對著月亮胡言亂語，到頭來，他竟然是個運動員。他跳進水裡開始游泳。就這麼一下，他忘了自己的裸體，他忘了茱莉的裸體，只想著他的自由式。在他後頭，不會跳水的茱莉小心翼翼地攀著安全梯走進水裡，而樊生甚至沒有回頭看她一眼！可惜的是他自己，因為茱莉很迷人，非常迷人。彷彿有什麼東西照亮了她的身體——不是她的靦腆，而是另一種同樣美麗的東西——那是孤獨的內心所表現出來的笨拙，因為樊生的頭埋在水裡，茱莉知道沒有人在看她；水淹到她恥毛的高度，她覺得水有點冷，她很想浸到水裡可是又不敢。她停下來，猶豫了一會，然後，小心翼翼地，往下多走了一步，於是水淹到她的肚臍，她用手撥撥水，然後在乳房上輕輕拍了拍，讓身體涼一涼。傻乎乎的樊生渾然不覺，可是我，我終於看到一個沒有任何意義的裸體，既不代表自由也不代表污穢，這是一具脫去一切意義的裸體，脫光的裸體，一如裸體之為裸體，純粹，讓男人著迷。

終於，她開始游泳了。她游泳的速度比樊生慢得多，她的頭笨拙地抬在水面上，她游到安全梯準備上去的時候，樊生已經在這個十五公尺的游泳池裡游了三趟。他們倆都在池邊，這時，樓上的大廳傳來人聲。附近看不到的人聲讓樊生開始大叫：「我要戳你的屁眼！」然後他猙獰著一張臉，急匆匆地撲向茱莉。

為什麼在他們親密地散步時，他一句猥褻話都不敢在她耳邊說，現在，所有人都聽得到的時候，他卻這麼大聲吼著一些荒謬又粗魯的話？答案正是因為他已經不知不覺地離開了私密的領域。一句話在密閉的小空間裡說出來，跟同樣一句話迴盪在大講堂裡，意謂的是不同的兩件事。這不再是他要負完全責任的一句話，也不是只說給對方聽的一句話，而是在一旁看著他們的那些人要求聽到的一句話。確實，大講堂是空的，但就算它是空的，還是有一群想像的、虛構的、可能的、虛擬的觀眾在那裡，跟他們在一起。

我們可以想像一下這群觀眾的結構，我不認為樊生心裡想的是他在研討會上看到的那些人；現在圍繞在他身邊的這群觀眾為數眾多，態度堅決、挑剔、激動、好奇，但同時又是完全無法辨別的，他們臉孔的線條模模糊糊，這麼說來，他想像的觀眾是舞者所夢想的公眾？是不可見的公眾？是彭特凡建構他理論所依據的基礎？是全世界？是沒有臉孔的無限？是一種抽象的東西？不盡然如此，因為在這片無名的喧囂之中，浮現的是幾張具體的臉——彭特凡和其他夥伴；他們在那兒開心地看著整個舞台，看著樊生、茱莉，甚至周圍那些不知名的觀眾。樊生是為了他們才喊出那句話的，他想贏得的是他們的欽佩，是他們的讚賞。

「你不會戳我屁眼的！」茱莉也大叫，她對彭特凡一無所知，但她也是為了明明不在場卻像在那兒的這些人才說出了這句話。她也渴望這些人的欽佩嗎？是的，但她只是為了讓樊生高興。她希望一群不知名又不可見的觀眾為她鼓掌，好讓她選來共度今宵的男人愛她，而且誰知道，說不定過了今夜還有更多更多的夜晚呢？她繞著游泳池跑，兩個乳房快樂地晃來晃去。

樊生說的話越來越大膽；只是這些話的隱喻性格讓話語的生猛粗俗蒙上了一層薄霧。

「我要用我的那一根戳穿你，把你釘在牆上！」

「你不會把我釘在牆上的！」

「你會像十字架那樣被我釘在游泳池底下！」

「我不會像十字架那樣的！」

「我會當著全世界的人，把你的屁眼戳爛！」

「你不會把它戳爛的！」

「所有人都會看到你的屁眼！」

「沒有人會看到我的屁眼！」茱莉大聲叫。

這時候，他們聽到了人聲，聲音很近，茱莉的腳步似乎因此變輕，她似乎被嚇得停了下來。她開始發出尖叫，聲音就像一個即將被強暴的女人。樊生抱住她，兩人一起跌到地上。茱莉睜大雙眼望著樊生，等待著她已決定不抵抗的插入。她張開雙腿，閉上眼睛，頭輕輕地撇向一邊。

35

插入並沒有發生。沒有發生是因為樊生的性器小得像一顆乾癟的草莓，像曾祖母縫衣服用的針箍。

它為什麼這麼小？

我直接對樊生的性器官提出了這個問題，他的性器官很驚訝，答道：「為什麼我不應該這麼小？我不覺得我有必要變大啊！請相信我，真的，我從來不曾這麼想！也沒有人告訴過我。我跟樊生相安無事，我跟他繞著游泳池跑了這趟奇怪的路程，我迫不及待地想要看看會發生什麼事！我玩得很開心哪！現在，您卻要指責樊生性無能！拜託您好不好！這種事會讓我覺得罪惡得不得了，而且這樣很不公平，因為我和樊生一向相處融洽無間，而且我可以保證，我們從來沒有讓對方失望過。我一向以他為傲，他也以我為傲！」

性器官說的是真的。而且，樊生也沒有因為性器官的表現而惱火。如果他的性器官是在他公寓那麼隱密的地方這樣表現，他永遠都不會原諒它。但是在這裡，他會把性器官的反應當成合理甚至審慎的行為。於是他決定事情既然是這樣，那就這樣接受它，然後他開始模擬性交動作。

茱莉也沒有不高興或失望。她感覺到樊生在她身上的動作，可是身體裡卻沒有任何感覺，她覺得很奇怪，但是，無論如何，這種事是可以接受的，於是她也以自己的動作回應情人的撞擊。

他們聽到的人聲走遠了，可是有個新的聲音卻在這個有共鳴效果的游泳池畔響起——那是有人從他們的身邊跑過的腳步聲。

樊生的喘息加快、加重了；他時而低嚎時而大叫，茱莉也發出呻吟和嗚咽，一方面因為樊生濕濕的身體壓得她很痛，一方面因為她也想藉此回應樊生的嚎叫。

36

捷克學者到最後一刻才瞥見他們，這時已經躲不開了。但是他假裝那兩人不在那裡，而且他刻意把目光移到別處。他怯場了——他還不太清楚西方的生活。在共產主義的帝國裡，在游泳池畔做愛是不可能的，還有許許多多其他的事情也不可能，這都是他從現在開始得耐心學習的。他已經跑到游泳池的另一邊了，他很想循原路跑回去，多少再匆匆看一眼那對正在交媾的情侶；因為他很在意一件事：正在交媾的那個男人，身體壯不壯？在鍛鍊身體這方面，性愛比較有用，還是體力勞動比較有用？不過他忍住了，他不想被人家當成偷窺狂。

他在對面的池畔停下腳步，開始做體操。他先是抬高膝蓋原地跑步，接著他用手撐起身體，兩腳倒懸在空中；體操選手把這叫做「倒立挺身」，他從小就很會做這個動作，到今天還是做得跟當年一樣好。他的心裡浮現了一個問題：有幾個法國的大學者可以像他一樣做出這個動作？有幾個部長做得到？他把他知道名字、看過相片的部長一個個想過一遍，他試著讓他們在想像中做出這個動作，這個靠兩手平衡撐起的動作。他很滿意，在他看來，這些人都笨手笨腳而且很虛弱。做了七次「倒立挺身」之後，他趴在地上，用手臂把身體撐起來。

37

茱莉和樊生都沒理會他們身邊發生的事。他們並不是暴露狂，他們並不需要別人的目光才能興奮，他們並不想要捕捉別人的目光，他們並不想要觀察那些觀察他們的人；他們正在做的並不是一場狂歡聚會，而是一場表演，演員們演出的時候不會想要碰觸觀眾的目光。茱莉比樊生更奮發，她什麼也不想看到；可是剛剛投射在她臉上的目光太沉重了，她沒辦法不感受到這目光的存在。

茱莉抬眼看見了她，她穿著一件華麗的白色洋裝，目不轉睛地望著她；這個女人的目光很詭異，遙遠，但是又很沉重，沉重得驚人；沉重得彷彿絕望，彷彿無計可施，而茱莉，在這樣的重量下，覺得自己彷彿麻痺了。她的動作慢了，乾枯了，停了；她又呻吟了幾下，然後就不出聲了。

穿白衣的女人努力抵抗著想要喊叫的巨大欲望。她無法擺脫這欲望，尤其她要喊叫的對象聽不到她的叫聲，這更加強了她的欲望。突然間，她再也壓抑不住了，她叫了出來，那是一聲尖叫，一聲恐怖的尖叫。

茱莉登時嚇醒了，她起身，拿起內褲，穿上，拿著亂成一團的衣服匆匆遮住身體，趕緊跑走了。

樊生比較慢。他拾起襯衫、長褲，可是卻怎麼也找不到他的內褲。

在他們後頭幾步之遙，有個穿著睡衣的男人杵在那裡，沒有人看見他，他也沒看見任何人，他的全副精神都集中在那個穿白衣的女人身上。

38

她無法接受貝爾柯拒絕她的事實，於是起了這個瘋狂的念頭要去刺激貝爾柯，她要帶著她純白的美麗在他面前炫耀（殷瑪庫拉妲，純潔無瑕的美麗不正是白色的嗎？）但是她在城堡的走廊與大廳的漫步並不如意——貝爾柯已經不在那裡了，攝影師也沒像一隻謙卑的雜種狗靜靜地跟在後頭，而是大聲地對她說一些難聽的話。她確實引起了別人的注意，但那是一種劣質的、嘲笑的注意，所以她加快了腳步；就這樣，她逃到游泳池邊，在那兒碰上了一對正在交媾的情侶，最後她發出了尖叫。

這叫聲喚醒了她，她突然清清楚楚地看到自己被困住了——前有水池，後有追兵。她清醒地意識到，這陷阱讓她無路可逃；她擁有的唯一出路是荒誕的，她剩下唯一可行的行動是瘋癲的，於是她用盡全部的意志力做出了不理性的選擇——她往前踏了兩步，跳進水裡。

她跳水的方式很奇怪，跟茱莉完全相反，她很會跳水，但是，她跳進水裡的時候是腳先入水，兩條手臂大開，動作極不優雅。

這是因為所有的姿勢除了實用的功能之外，還有一種比行動者的意圖更強的意涵；穿泳衣的人跳進水裡的時候，就算跳水者是憂傷的，這種姿勢展現的還是愉悅。可是穿著衣服跳進水裡，那就是另一回事了——只有想要淹死的人才會穿著一身衣服跳進水裡，而且想要淹死的人跳水的時候不會用頭先入水，這個人放棄自己，任自己墜落——從古至今，描述姿勢的語言就是這麼說的。這就是為什麼殷瑪庫拉妲儘管泳技過人，還是只能穿著美麗的洋裝用這麼悽慘的姿勢跳水。

她就這麼莫名其妙地跳進水裡。她順從這姿勢，掉進水裡，這姿勢的意涵漸漸填滿她的靈魂；她感覺自己正在經歷自殺、溺水，從此，她所做的一切不過是一段芭蕾，不過是一段默劇，她那悲劇性的姿勢藉此延長其無聲的演說。

掉進水裡以後，她又站起身來。這裡的游泳池很淺，水淹到她的腰部，她抬頭挺胸，維持了片刻這樣的站姿，然後，她再次任自己墜落。這時，一條披肩從她的洋裝上滑落，漂浮在她後頭，宛如前世的記憶漂浮在死者身後。再一次，她站起身來，頭稍稍後仰，兩條手臂攤開；她的動作看似要奔跑，向前邁了幾步，水越來越深，她於是再一次沒入水裡。她就這麼往前走，像一隻水生動物，像神話裡的水鴨，連頭一起沒入水裡，接著又抬頭仰望高處。這動作歌頌的對象，不知是活在高處還是死在水底的欲望。

穿睡衣的男人突然跪了下來，哭著說：「你回來，回來，都是我不好，都是我不好，你回來呀！」

39

游泳池的另一頭，也就是水深的那邊，捷克學者正在做伏地挺身，他目瞪口呆地看著這一切——起先他以為新來的這一對是來和交媾的那一對會合的，他以為自己終於就要看到傳說中的那種狂歡派對了，這可是他在共產主義的清教徒帝國裡，在鷹架上工作的時候常常聽人說起的。基於羞恥心的緣故，他甚至覺得，碰上這種集體性交的場面，他應該離開此地，回自己的房裡。後來，一聲可怕的尖叫刺進他耳朵裡，他挺直手臂，身體僵在那裡，再也無法繼續他的運動，儘管在聽到尖叫之前，他只把身體撐起來十八次。就在他眼前，穿白色洋裝的女人掉進水裡，一條披肩漂在她的後頭，附近還有幾朵小小的人造花，藍的，粉紅的。

捷克學者挺著上半身，動也不動，他終於意會過來，這個女人想讓自己淹死——她努力要讓她的頭沉在水裡，但她的意志不夠堅定，總是過一會就站起來。捷克學者看的這場自殺是他永遠無法想像的。這個女人不知是有病還是傷心，還是有人在追殺，她時而起身，時而把頭一起沒入水裡，一次又一次；很顯然的，她不會游泳，她一步步向前進，水慢慢淹上來，再一下子，水就要蓋過她，而她就要死去了，穿睡衣的男人跪在那裡哭泣，目光消沉地望著這個畫面。

捷克學者不能再遲疑了，他站起來，向水面傾身，兩腿微屈，兩臂向後伸直。

穿睡衣的男人看不到那個女人了，他完全被一個陌生男人高大、強壯、畸形的身影吸引住了，這男人就在他對面，就在十五公尺之遙，正準備介入一齣和他不相干的悲劇，這是穿睡衣的男人滿懷妒意地留給自己，也留給他所愛的女人的一齣悲劇。畢竟，有誰會懷疑，他愛她，他的恨意只是一時的；雖然她讓他痛苦，他還是沒辦法真的討厭她，也沒辦法討厭她太久。他知道她會做出這些事都是因為她的感性，她神奇的感性既不理性又難以駕馭，他無法理解這種感性的奧妙，但是卻崇敬不已。雖然他剛剛才臭罵了她一頓，但是在心裡，他還是相信她是無辜的，害他們突然爭執起來的，一定另有其人。他不認識這個人，他不知道這個人在哪裡，但是他隨時可以撲過去跟這個人拚命。在這種精神狀態下，他望著這個以運動員之姿向水面傾身的男人，他像被催眠似地望著這男人強壯卻不成比例的身體，兩條極為女性化的渾圓大腿，兩條笨肥肥的小腿肚，這具怪異的身體彷彿體現著世上的不公不義。他對這男人一無所知，他對這男人沒有任何疑心，但是他的痛苦讓他盲目，他在這座醜陋的紀念雕像上看見自己無從解釋的不幸的形象，他的心裡湧上一股無法遏制的恨意。

捷克學者跳進水裡，強壯的手臂划了幾下，已經快游到那女人的身邊了。

「你別管她！」穿睡衣的男人咆哮著，也跳進了水裡。

捷克學者距離那女人只有兩公尺的距離，他的腳已經踩得到池底了。

穿睡衣的男人向他游過來，他再次咆哮：「你別管她！別碰她！」

捷克學者把手臂伸到那個女人身體的下方，那女人倒下，發出一聲長長的嘆息。

就在這時候，穿睡衣的男人來到捷克學者旁邊：「放開她，不然我就殺了你！」

透過淚水，穿睡衣的男人什麼也看不見，他只看到一個畸形的身影出現在他面前。他抓住他的肩膀死命搖晃。捷克學者身子一仰，那個女人從他的臂彎跌落。兩個男人都沒再理她了，她兀自游向安全梯，爬了上去。捷克學者望著穿睡衣的男人充滿恨意的眼睛，他自己的眼睛也閃耀著相同的恨意。

穿睡衣的男人再也按捺不住，一拳揮了過去。

捷克學者感到嘴邊一陣疼痛。他用舌頭舔了舔門牙，發現那顆牙在晃動。那是一顆假牙，是布拉格的一個牙醫費了好大的勁才固定在他牙根上的，一旁還有其他的假牙；牙醫不厭其煩地告訴他，這顆假牙的功能就是其他假牙的支柱，如果有一天這顆牙掉了，他就難逃整付假牙的厄運了，捷克學者對此驚恐莫名。他的舌頭仔細地舔著這顆晃動的牙，他的臉色越來越慘白，他先是驚惶，接著是憤怒。他的一生湧現在眼前，熱淚（這是今天第二次了）盈眶；是的，他哭了，有個念頭從這些淚水之下浮現在腦海裡——他失去一切，只剩下這身肌肉了；但是這身肌肉，這身可憐的肌肉，他要來做什麼？這問題像條彈簧讓他的右臂猛然彈跳起來——這個動作的結果是一巴掌，這巴掌有如一付假牙的悲情那般巨大，有如全法國的游泳池畔狂亂野合半世紀那般巨大。穿睡衣的男人沒入了水裡。

他跌落的速度之快，而且完全沉入水裡，捷克學者還以為自己殺了他，楞了一會之後，他彎下身子，把穿睡衣的男人托起來，輕輕拍了拍他的臉，這男人張開眼睛，兩眼無神地望著這個畸形的幻影，然後他掙開他的手，游向安全梯，去找那個女人去了。

40

那女人蹲在游泳池邊，聚精會神地看著穿睡衣的男人，看著他打鬥，看著他跌進水裡。他一爬上游泳池邊鋪著方磚的地面，那女人就站了起來，往樓梯走去，頭也不回地往前走，但是走得相當慢，好讓他跟得上。兩個人就這樣默默不語，濕淋淋的穿過大廳（這裡早就沒人了）走到走廊上，最後回到房裡。他們的衣服在滴水，他們冷得在發抖，他們得把濕衣服換下來。

接下來呢？

還有什麼接下來？接下來他們就做愛了，您以為還有別的嗎？這夜，他們將沉默無聲，她只會發出幾聲呻吟，像是受了什麼委屈。如此，一切將得以繼續進行，他們今晚才首次搬演的這齣戲，在接下來的幾天、幾個星期將會反覆上演。為了證明她高過一切粗俗的事物，高過她所鄙視的這個平庸的世界，她會想辦法讓他再次下跪，他會再次指控自己，再次哭泣，她會變得更兇惡，她會讓他戴綠帽，她會讓他知道白己不忠，讓他痛苦，他會反抗，他會變得很粗魯、兇暴，決心做些莫名其妙的事，他會砸碎花瓶，他會口無遮攔破口大罵，她會佯裝害怕，她會指控他是強暴犯，是暴力攻擊犯，他會再一次跪下，再一次哭泣，再一次宣稱自己做錯了，然後她會允許他跟她上床，如此如此，這般這般，一再搬演幾個星期，幾個月，幾年，直到永遠。

41

那捷克學者呢？他的舌頭貼在晃動的那顆牙上，心裡想：這輩子就剩下這些了——一顆晃動的牙齒和不得不戴整付假牙的驚懼。都沒別的了嗎？什麼都沒有了嗎？是的，什麼都沒有了。在霎時的清明之中，他的一生出現在眼前，那不像是一趟壯麗的冒險，充滿種種獨特而富戲劇性的事件，而是像以高速橫越地球的一堆混亂事件當中微乎其微的一小部分，讓人看不清它的輪廓，所以，貝爾柯把他當成匈牙利人，當成波蘭人；或許他是對的，因為，他說不定真的是匈牙利人，真的是波蘭人，或者說不定是土其耳人、俄羅斯人，甚至是垂死的索馬利亞小孩。當事情前進速度太快的時候，沒有人可以確定任何事，任何一件事都不行，甚至連對自己也不確定。

我提到T夫人的豔情夜的時候，曾經說到存在數學的教科書前幾章最著名的方程式：快速的程度與遺忘的強度成正比。我們可以從這個方程式推演出各種結果，譬如這個：我們的時代沉湎於膜拜速度的惡靈，正因如此，這個時代這麼容易就遺忘了自己。但是我比較喜歡把這個肯定句倒過來，然後這麼說：我們的時代為遺忘的速度著迷，為了滿足這欲望，這個時代沉湎於膜拜速度的惡靈。時代加快腳步，因為它要讓人們明白，它不想再被人想起；它對自己感到厭倦；它對自己產生反感；它想要吹滅顫顫巍巍的記憶之火。

我親愛的同胞，同志，著名的布拉格蒼蠅的發現者，鷹架上的工人英雄，我不想再讓自己痛苦地看著你杵在水裡了！你會病倒的！好朋友！好兄弟！你別太激動了！上來吧！回去睡覺。開開心心地讓人遺忘吧，把自己裹在全面失憶的溫柔披巾裡吧。別再想那曾經傷害你的笑聲了；不存在了，這笑聲，一如你過去在鷹架上度過的歲月，一如你受迫害的光榮，這一切都不存在了。城堡如此寧靜，你打開窗戶，樹木的芳香將彌漫在你房裡。你用力呼吸，這些都是三百年的老栗樹。它們的窸窣低語跟T夫人和她的騎士聽到的是同樣的聲音，彼時從你的窗口可以看見他們纏綿的涼亭，但是現在你看不到了，唉，因為這涼亭約莫十五年後，在一七八九年大革命的時候被毀了，除了維旺・德農的幾頁小說之外，什麼都不剩了，而這幾頁小說，你從沒讀過，而且很有可能你永遠也不會讀。

42

樊生沒找到他的內褲，他全身濕淋淋地套上長褲和襯衫，然後跟在茱莉後頭跑了。可是茱莉動作太快而他太慢，他跑遍走廊卻不見茱莉的蹤影。他不知道茱莉的房間在哪裡，雖然機會渺茫，但他還是繼續在走廊上遊蕩，希望會有一扇門打開，然後聽到茱莉的聲音對他說：「過來，樊生，過來。」可是所有人都睡了，走廊上什麼聲音也聽不到，每一扇門都關著。他輕聲叫著：「茱莉，茱莉！」他拉高他的輕聲細語，他嘶吼他的輕聲細語，但是只有一片寂靜回應他的聲音。他想像茱莉的模樣，他想像月光把茱莉照得透明白皙。他想像她的屁眼。啊，她的屁眼曾經赤條條地近在他的身邊，可他卻錯失機會，完完全全錯失了。既沒摸也沒看。啊，這可怕的景象再次出現，他可憐的性器醒了，站起來了，噢，它站起來了，巨大宏偉，毫無道理，卻又派不上用場。

樊生回到自己房裡，倒在椅子上，滿腦子都是對茱莉的慾念。他什麼都願意，只要能找回茱莉，可他卻什麼也不能做。明天早上，茱莉會到會場吃早餐，只是樊生，唉，到時候他已經在巴黎的辦公室了。他不知道茱莉的地址，不知道她姓什麼，也不知道她在哪裡工作，他什麼都不知道。他獨自面對這巨大無邊的絕望，而他的性器官不合時宜地脹大更讓這絕望得到具象的體現。

不過就在半小時前，樊生的性器官才表現出一副通情達理，得人讚賞的樣子——它懂得適時適地維持合適的大小，它還發表了一段精采的演說為自己辯護，它理性的論證讓我們每個人都留下深刻的印象；可是現在，我開始懷疑這同一個性器官的理性了，這一次，它可是一點也不通情達理；它跟全天下唱反調，沒有任何正當的動機，它卻站了起來，就像貝多芬的《第九號交響曲》，面對悽慘的人類，它卻狂奏它的〈歡樂頌〉。

43

這是薇拉第二次醒來。

「你為什麼非得把收音機開得鬼吼鬼叫的？你把我吵醒了。」

「我沒聽收音機啊。沒有哪裡會比這裡更安靜了。」

「才不是，你剛才在聽收音機，你這樣很差勁，我在睡覺耶。」

「我發誓我沒有！」

「還有那首愚蠢的〈歡樂頌〉，你怎麼會聽這種音樂！」

「對不起。這又是我的想像惹的禍。」

「什麼，你的想像？難不成《第九號交響曲》是你寫的？你不會開始把自己當成貝多芬了吧？」

「不是，我不是這個意思。」

「我第一次覺得這首交響曲這麼讓人難以忍受，這麼不對勁，這麼讓人厭煩，這麼幼稚而浮誇，這麼愚蠢，這麼天真而庸俗。我受不了了。這一次，真的，我受夠了。這座城堡有鬼，我一分鐘都不想多留在這裡。拜託，我們走吧。而且，天都要亮了。」薇拉下了床。

44

天色微明。我想著維旺·德農的小說最後一幕。城堡密室的豔情夜在一個心腹女僕出現時告終，她告訴這對情人天亮了。騎士飛快地穿上衣服，走出密室，但是卻在城堡的廊道裡迷失了方向。他怕被人發現，於是走到花園裡，假裝一夜好眠之後太早起床，在那裡散步。他的腦袋還是昏昏沉沉的，他試圖找出這次豔遇的意義：T夫人是不是跟她那個侯爵情人分手了？還是正要分手？又或者她只是想懲罰侯爵？剛剛結束的這一夜，會有什麼後續？

他還迷失在這些問題裡，卻突然看見T夫人的侯爵情人出現在眼前。侯爵剛到城堡，他急匆匆地走到騎士身邊，迫不及待地問道：「事情進行得怎麼樣？」接下來的對話終於讓騎士明白他為什麼會有這次豔遇了——他們得讓T夫人的丈夫把注意力轉移到假情人的身上，而這個假情人的角色則落在他的身上。這角色並不討好，因為這毋寧是個可笑的角色，侯爵笑著承認。侯爵像是要補償騎士的犧牲似的，對他透露了一些秘密：T夫人是個非常有魅力的女人，她的忠誠舉世無雙。她唯一的缺點就是：性冷感。

他們兩人一起走回城堡向T夫人的丈夫致意，他對侯爵說話的時候態度殷勤，對待騎士的態度卻是倨傲而輕蔑——他要他盡快離去，親切的侯爵則把他自己的馬車借給騎士。

接下來，侯爵和騎士一起去見T夫人。在這次會見的最後，在門口，T夫人終於對騎士說了一些柔情款款的話。以下就是小說的最後幾個句子：「此刻，您的情人在呼喚您；您所愛的人值得您愛。……再會了，我再次向您告別。您很迷人……。別讓我和伯爵夫人傷了和氣。」

「別讓我和伯爵夫人傷了和氣。」這是T夫人對她的情人說的最後一句話。

隨即是小說的最後幾句話：「我登上在彼處等候我的馬車。我思索著這次豔遇的寓意，可是……卻一無所獲。」

然而，寓意就在那兒T夫人就是寓意的化身：她對她的丈夫撒了謊，她對她的侯爵情人撒了謊，她對年輕的騎士撒了謊。她才是伊比鳩魯真正的門徒，她才是享樂主義最可親的朋友，她是溫柔善意的說謊家，她是看管幸福的守門人。

45

小說的故事是由騎士以第一人稱敘述的。他對T夫人真正的想法一無所知，而他也吝於提及自己的感覺和想法。兩個主角的內心世界始終是隱蔽的，或者說，始終是若隱若現的。

清晨時分，當侯爵提及T夫人的冷感時，騎士大概用披風遮住了臉在偷笑。因為T夫人剛剛才對他證明了事實恰好相反。但是除了對這件事的確信之外，他一無所知。T夫人和他一同經歷的，是她例行的娛樂？抑或是罕有的冒險？甚至是絕無僅有的？她的心是不是被觸動了？還是一如最初？她的豔情夜是否讓她對伯爵夫人心生嫉妒？她在最後幾句話裡把伯爵夫人交託給騎士，這些話是肺腑之言？還是只是單純為了保險起見才說的？騎士走了以後，留給她的是思念？還是無所謂？

而騎士呢，侯爵在清晨嘲笑他的時候，他還一邊說笑，一邊回答，掌控了對話的情境。可是他真正的感覺是什麼？他離開城堡的時候又有什麼感覺？他心裡在想什麼？想他經歷的快樂？還是荒唐小夥子的可笑名聲？他覺得自己是征服者還是被征服者？他覺得快樂還是不快樂？

換句話說：我們有沒有可能快快樂樂地為了享樂而活在享樂的生活

裡？享樂主義的理想究竟有沒有可能實現？這樣的希望存在嗎？這樣的希望是否至少存在著一絲微光？

46

他累得要命。他很想躺在床上睡，但是他不能冒這個險，他怕自己會睡過頭。再過一個小時他就得走，再晚就太遲了。他坐在椅子上，戴上機車的安全帽，他以為安全帽的重量可以讓他不要睡著。但是頭戴安全帽坐在那裡又不能睡，實在沒有任何意義，他於是站了起來，決定離去。

動身在即，這讓他想起彭特凡。啊，彭特凡！他會問他。他該跟他說什麼呢？如果他把事情一五一十地告訴他，他一定會很樂，那一整幫人也一樣，因為說故事的人自己在故事裡演出一個滑稽的角色，這種事本來就很好笑，而且，沒有人比彭特凡更擅長這種事。譬如，他和打字小姐的故事，他說他把她跟另一個人搞混了，所以他扯著她的頭髮，把她拖到床上。可是請注意！彭特凡很高明！所有人都覺得他的滑稽故事背後隱藏著更香豔的真相。聽故事的人都羨慕他有一個要他粗魯的女朋友，所有人都心懷妒意，想像他跟一個漂亮的打字小姐不知幹了什麼好事。但是樊生一旦把他在游泳池畔佯裝交合的故事說出來，所有人都會相信，並且嘲笑他，嘲笑他的失敗。

他在房裡踱著方步，試圖把故事做一點修正，他東修西整，加油添醋，第一件事就是把模擬性交變成真正的性交。他想像人們從樓梯走下來，看到他們在游泳池邊的纏綿嚇了一跳，為這畫面深深著迷；這些人迫不及待地脫了衣服，有的看著他們，有的開始仿效他們，樊生和茱莉環顧四周，這個集體交媾的壯觀畫面正全面開展著，他們以細緻講究的舞台動作緩緩起身，他們又看了一下正在嬉鬧的一對對男男女女，然後，他們離去，一如造物主遠離祂所創造的世界。他們的離去如同他們的相遇，兩人各有來處，各有去處，從此不再相見。

「從此不再相見」，這最後一句話才剛剛閃過他的腦際，他的性器官又醒了；樊生真想拿他的頭去撞牆。

怪就怪在這裡：他在編造集體交歡的畫面時，他那恐怖的興奮就跑遠了；相反的，他一想到人不在那裡的真實的茱莉，他就興奮得快要發狂。於是他緊緊抓住這個集體交歡的故事，在心裡說了一遍又一遍；他們做愛，來了一對對男男女女看著他們，然後脫了衣服，過沒多久，游泳池的周圍盡是群交的人潮。這部色情小電影重播好幾次之後，他終於覺得好多了，他的性器官又變得比較講理了，幾乎平靜下來了。

他想著加斯科尼咖啡館，他想像那幫朋友正在聽他說話。彭特凡，露出迷人的白痴笑臉的馬許，賣弄博學的古賈，還有其他人。他會用這番話作結論：「朋友們，我替大家幹了，你們的那一根都出席了這場美妙的狂歡會，我是你們的代表，我是你們的外交官，你們的性交大使，你們的性傭兵，我就是大家的那一根！」

他在房裡踱來踱去，把最後一句話大聲重複了好幾次。大家的那一根，多美妙的發現哪！然後（令人不舒服的興奮感已經完全消失了），他拿起袋子走了。

47

薇拉去櫃台結帳，我拿著小行李箱往下走，走去城堡的中庭開車。我心裡懊惱著粗俗的《第九號交響曲》害我太太睡不著覺，還害我們這麼快就離開我這麼喜愛的地方，我依依不捨地四下看了最後一眼。城堡的台階。馬車在夜幕垂臨之際抵達，T夫人的丈夫就是出現在這裡，冰冷而有禮地招呼他的妻子以及陪伴她的年輕騎士。也就是在這裡，約莫十個小時之後，騎士走了出來，這次他是一個人，無人作陪。

T夫人的房門在他身後關上，他聽見侯爵的笑聲，不一會兒，又加上一個女人的笑聲。有那麼幾秒鐘，他放慢腳步，心想：他們為什麼笑？他們在嘲笑他嗎？然後，他又什麼都不想聽了，他毫不遲疑地往城堡門口走去；但是在他心裡，他一直聽到這個笑聲；他擺脫不了這笑聲，事實上，他永遠也擺脫不了。他想起侯爵說的話：「所以你一點也沒感覺到自己扮演的角色有多滑稽囉？」今天清晨，侯爵不懷好意地問他這個問題的時候，他並沒有說什麼難聽的話。那時他知道侯爵戴了綠帽子，他很高興，心裡想著，要嘛T夫人正打算和侯爵分手，那他肯定可以再見到她，要嘛T夫人想要報復，那他也很可能會再見到她（因為今天要報復的人，明天也會要報復）。這些事，一個小時前他還能這麼想，但是在T夫人說了最後那句話之後，一切都清楚了——這一夜將沒有後續。沒有明天。

他在清晨冰冷的孤寂之中走出城堡。他心想，剛剛經歷的這一夜什麼也沒留給他，除了這笑聲之外什麼也沒有；這段小故事將流傳出去，他會變成一個滑稽的人物。大家都知道，沒有哪個女人會看上一個滑稽的男人。他們沒有經過他同意就在他的頭上戴了一頂小丑帽，他不覺得自己有力氣戴這頂帽子。他聽到靈魂裡有個反叛的聲音邀他說出他的故事，邀他一五一十地說出這個故事，高聲說出來，並且說給所有人聽。但是他知道他做不到。這種沒教養的事，比當小丑更糟。他不能背叛T夫人，他也不會背叛T夫人。

48

樊生走了另一道比較不顯眼的門，這道門通往旅館的大堂，他從那裡走去了城堡的中庭。他一直努力在心裡複誦著游泳池畔集體交歡的故事，這已經不再是為了抗興奮的效果了（他已經遠離一切興奮了），而是為了掩蓋關於茱莉的記憶，那讓人心痛得無法承受的記憶。他知道只有編造的故事可以讓他忘記真正發生的事。他迫不及待地想要高聲說出這則故事，把這則故事變成一段小號吹奏的莊嚴軍樂，把這次害他失去茱莉的模擬性交化為烏有。

「我是大家的那一根」，他反覆在心裡說著，而這句話的回音，是彭特凡共謀的笑聲，是馬許笑容可掬地對他說：「你是大家的那一根，從今以後，我們只會叫你『大家的那一根』。」想到這裡他不禁開心地露出微笑。

他走向城堡的中庭，去找他停在另一頭的摩托車，他看見一個男人向他走來，這男人比他年輕一點，穿的服裝顯然來自一個遙遠的年代。樊生盯著他，看得發了呆。噢，在這麼荒誕的一夜之後，他的神經該是多麼不正常啊——他根本搞不清楚，眼前的這個幻象是怎麼回事。是個穿古裝的演員嗎？說不定跟那個電視台的女人有關？說不定他們昨天在城堡拍廣告片？但是當他們四目相接的時候，他在這個年輕人的目光裡看到一絲驚訝的神情，這眼神如此真摯，沒有任何演員做得出來。

49

年輕的騎士望著這個陌生人。最引他注意的還是他頭上的那個玩意。兩、三個世紀前，戴這種頭盔的騎士是要去作戰的。但是除了頭盔之外，這男人粗俗的打扮也很讓人驚訝。一條寬寬大大的褲子，鬆垮垮的，只有非常貧窮的村夫才會穿成這樣。不然，或許修道院的僧侶也會。

他覺得很累，筋疲力盡，難受得要命。他不知自己是不是在睡覺，還是在作夢，還是得了妄想症。終於，那男人就近在身邊了，那男人開口說了一句話：「你是十八世紀的人嗎？」這更落實了他的驚訝。

這問題很奇怪，很荒謬，但是那男人提問時的發音更怪，那是他從來沒聽過的腔調，彷彿這男人是個來自外國的使節，他從來沒來過法國，只在他們王國的宮廷裡學會了法文。就是這腔調，這奇特的發音，讓騎士相信這個男人或許真的來自另一個年代。

「是的，那你呢？」他問這男人。

「我？我是二十世紀的，」然後他補充了一下：「二十世紀末。」接著他又說：「我剛剛度過了一個美妙的夜晚。」

這句話讓騎士心頭一怔：「我也是啊。」他說。

他想像T夫人的模樣，心頭湧上一股感激之情。天哪，他剛才怎麼會這麼在意侯爵的嘲笑？彷彿最重要的不是他剛剛度過的夜晚有多美。這一夜的美讓他如此沉醉，讓他看見幻影，讓他分不清夢與現實，讓他被拋擲到時間之外。

而那戴頭盔的男人又用他奇怪的腔調說了一次：「我剛剛度過了一個非常美妙的夜晚。」

騎士點點頭，像在說：是的，朋友，我很明白你的感覺。還有誰比我更懂你的心情？接著，他想到，他答應過要謹言慎行，他不能把自己經歷過的事告訴任何人。但是不謹慎的行為過了兩百年還算不算不謹慎？他覺得放蕩之神似乎派了這個人來跟他說話，讓他可以把生命中的片刻寄存在未來的某處，將這一刻投射到永恆，將這一刻轉化為光榮。

「你真的是二十世紀的人嗎？」

「當然是了，老兄，這個世紀發生的事情可了不起了。放蕩不羈啊。我剛剛，嗯，我再說一遍，我剛剛度過了一個美妙的夜晚。」

「我也是，」騎士又說了一次，準備把自己的故事說給他聽。

「奇怪的一夜，非常奇怪，讓人難以置信，」戴頭盔的男人又重複了一次，沉重的眼神堅定地望著騎士。

騎士在這眼神裡看見一股想要說話的頑強欲望，這股頑念之中有些東西擾亂著他。他知道這種急著要說話的不耐同時也意謂著毫無興趣聽人說話，這種心理根本無從扭轉。碰上這股說話的欲望，騎士頓時失去了興頭，什麼也不想說了，突然間，他看不到任何延長這次相遇的理由。

倦意再一次襲了上來。他用手輕撫著臉，聞著T夫人留在他指頭上的愛情氣味。這氣味勾起他對昨夜的眷戀，他渴望一個人坐在馬車裡，緩緩地，如夢似幻地，讓馬車載著他駛向巴黎。

50

樊生覺得穿古裝的男人看起來很年輕，所以他一定對年紀比較大的人的告白很感興趣。樊生對他說了兩次「我度過了美妙的一夜」而他答道「我也是」的時候，樊生以為他在這男人臉上看到的是好奇，但是接下來，事出突然，無法解釋，那股好奇心熄滅了，覆在上頭的是一股近乎高傲的冷漠。適於告白的友善氣氛只持續了一分鐘，然後就煙消雲散了。

他氣惱地看著這個年輕人的裝扮。這個大木偶到底是誰？鞋子上別著銀雕的飾物，白色的褲子緊貼著腿和屁股，還有覆在胸口的那些裝飾，那些難以形容的領巾、絲絨、花邊。他用兩根指頭捏起騎士結在頸間的絲帶，微笑地端詳著。這微笑假裝在讚賞，卻是在嘲笑。

這個過度親暱的動作激怒了穿古裝的男人。他的臉色一變，充滿恨意。他把右手一揮，彷彿要給這個不識大體的傢伙一記耳光。樊生鬆開絲帶，往後退了一步。那個男人輕蔑地瞪了他一眼，轉身走向他的馬車。

他的輕蔑把樊生遠遠地拋在身後，拋回到他紊亂的心緒裡。突然間，樊生覺得自己很虛弱。他知道他沒辦法把集體交歡的故事說給任何人聽。他沒有力氣說謊。他悲傷得無法說謊。他只想做一件事：趕快忘記這一夜，忘記被搞砸的一切，把這一夜擦掉，抹去，化為烏有——此刻，他對速度感到一股無法饜足的渴求。

他步履堅定，快步走向他的摩托車，他渴望他的摩托車，他的心裡充滿對他的摩托車的愛，在這輛摩托車上，他將遺忘一切，在這輛摩托車上，他將遺忘自己。

51

薇拉進了車裡，坐在我旁邊。

「你看那邊。」我對她說。

「哪邊？」

「那邊！那是樊生，你認不出他了嗎？」

「樊生？騎在摩托車上的那個嗎？」

「對呀。我很擔心，他騎得太快了吧。我真的很替他擔心。」

「他喜歡騎這麼快呀？連他也喜歡這樣？」

「倒不是一直都這樣。不過今天，他騎得像個瘋了似的。」

「這座城堡有鬼。它會給所有人都帶來不幸。拜託你，我們走了吧！」

「等一下。」

我還想凝望片刻我的騎士，看他緩緩走向馬車。我想欣賞他步履的節奏——他走得越近，步子越慢。在這緩慢之中，我相信我認出了一種快樂的印記。

馬車夫向他致意。騎士停下腳步，把手指貼在鼻上，然後登上馬車，坐下，縮在馬車的一角，兩腿舒展開來，馬車搖搖晃晃，不一會兒他就睡著了，後來又醒了，這段時間裡，他努力讓自己儘可能靠近黑夜，可是黑夜卻無奈地融化在晨光之中。

沒有明天。

沒有聽眾。

求求你，朋友，請你快樂一點。我隱約感覺到，我們唯一的希望就寄託在你快樂的能力之中。

馬車消失在霧裡，我發動了引擎。

沒有一句正經話的小說

法國評論家／**弗朗索瓦·希加**（François Ricard）

1

兩個特點從一開始就將《緩慢》與米蘭·昆德拉先前的作品區隔開來。首先，是這部小說短小的篇幅（法文本初版，一百五十四頁），以及簡單的呈現（五十一個小小的「章節」）——這些都和長篇鉅作以及精心設計的結構，也就是我們從前認識的昆德拉的「格式」，形成清楚的對比。這樣的「格式」從《玩笑》（三百九十五頁，七部，七十二章）開始，後來在《生命中不能承受之輕》（三百九十四頁，七部，一百四十五章）和《不朽》（四百一十二頁，七部，一百一十三章[1]）

也是如此。若說昆德拉的作品裡有什麼預示著這種縮減，這種相對脫枝去葉的呈現方式，或許是在《可笑的愛》的短篇小說裡，或是在《笑忘書》的幾個不同的大章節之中。但是這些短篇和這幾個大章節，本身並不是獨立而完整的故事，它們還是被插在一個比較龐大的結構裡，它們的意涵大部分來自這個結構。《緩慢》，昆德拉第一次採取這種新的形式——我們或可稱之為短小說（roman court），其美學與短篇小說要求敘事集中與「快速」的美學相近，但同時又因為結構的散裂與某種「漫遊」而與短篇小說相遠。情節、人物、「說話的聲音」——故事、評論、現身說法——在一個既單一又多重的**空間**裡交融、迴盪，這個空間在小說裡以公路環繞的城堡旅館及其花園作為具體的形象。

另一個特點則讓《緩慢》在昆德拉的作品裡具有特殊的、「開創的」特質，當然，我要說的就是，這部小說是直接用法文寫的。這果然引起一些好事的民族主義者的反應，但是這些反應跟這件事真正的意

MILAN KUNDERA

義少有關聯，這件事真正的意義完全是另一個層次的問題，它有更深刻的意涵。在這民族語言的改變裡，在這種對於語言的「不在乎」裡（至少是理論上的不在乎），其實隱隱肯定著某種小說的概念，這種概念和當前對**書寫**的崇拜大異其趣。依照這種崇拜書寫，奉書寫為偶像的概念，文學——包括小說——不過是一種語言遊戲，支配這遊戲的，時而是放棄語言資源及其無可懷疑的「權力」，時而是狂熱地追尋一種「風格」，也就是說，在一個「文本」之中以一種所謂原創的方式遣詞造句，而這個「文本」既是其自身的起源亦是其自身的目的。最常見的結果是小說花稍而空泛，當然，我們在其中看得到一個正在成就的書寫，我們在其中可以聽到一個有個性的「聲音」，但是這個書寫如此明顯可見，這聲音發出這麼多的聲響，讓我們無法看見、聽見其他的任何東西。您

1. 以上書籍資料皆為法文版本資料。

可以拿今天以法文寫作的大多數小說為例，把小說漂亮的書寫和其他「大膽」的修辭剝去，再把它們翻譯成單純的散文，您就會明白了。

然而《緩慢》正是用這「單純的散文」寫出來的。而這裡的散文，是最直接、最不刻意潤飾的法語散文，同時也是最靈活，尤其是最精準的法語散文。其個性，其「作者印記」並不稍減，這是貨真價實的昆德拉，而《生活在他方》或是《生命中不能承受之輕》的讀者也會在這裡再次找到一個熟悉的風格與修辭的國度。那是因為這散文的美——不論它是經過翻譯或是直接以法文寫成——首先在於它的素樸，在於它拒絕一切自戀，也就是說，並不在於追尋一些表面的效果，而是相反，要去追尋與小說的世界、人物最相符的東西，因為首先就是這些東西，是小說人物，是他們的手勢、他們的存在以及他們之間的關係的「數學」，構成小說真正的材料。在這樣的情況下，語言和書寫（當然，一切都發生在這裡）應該要在某種程度上抹去自己的痕跡，讓自己被人遺忘，因為就是在這種遺忘之中，在這種不再把讀者的讚賞轉向語言和書寫的行動之中，語言和書寫才能完滿地自我實現，才能達到這個至高的境界：**準確**。

2

儘管這兩個特點讓人印象如此深刻——簡潔，以法文寫作——它們終究還是次要的。相對於昆德拉先前的作品，《緩慢》最大的新意在於我們可以在這部小說的一個場景裡找到最適切的說法，那是薇拉第次醒來的時候，罵她小說家丈夫的話：

你常跟我說，有一天，你要寫一本小說，裡頭沒有一句話是正經的。蠢話連篇只為逗人開心。我很擔心，這一天是不是已經來了……（第二十六章）

細細思索這段話，不僅靠近了《緩慢》本質性的意涵，也靠近了昆德拉所有小說作品本質性的意涵。

究竟，「沒有一句話是正經的」，這樣的小說是什麼？「蠢話連篇只為逗人開心」的小說是什麼？用昆德拉小說「理論」的觀點來看（這觀點不只出自《小說的藝術》和《被背叛的遺囑》，也出自昆德拉小說裡隨處可見的「評論」），這該是某種**絕對**的小說，一部純化的小說，擺脫了一切不是它自身的東西，擺脫了一切不屬於它的範疇的東西，換句話說，這是散文的範疇，是笑的範疇與不確定的範疇，是撒旦的範疇。在《被背叛的遺囑》裡，昆德拉描述小說是一個「道德評論暫停的領域」；廣義一點來看，我們也可以說是「不正經」的範疇定義了屬於小說的領域及其揭露的力量：一個**正經事**暫停的領域。在這裡，一切凝結成塊的，一切自稱獨特而無辜的，一切想要以嚴肅為名強加給他人的，都會立刻被彼處流動的無限輕盈的空氣——不確定和嘲弄的空氣——溶解，侵蝕，拔除根基。在這種空氣吹拂下，存在、認同、話語剝下了面具，現出幕後的秘密，現出它們如何故弄玄虛，現出了誤解，現出這些事物可笑而又有解放意義的真相。

這麼一來，小說就是讓生命去接受不正經事的考驗。我說的確實是：**考驗**。因為不正經的事如果變輕，這同時也是非常殘酷的事，因為它搖撼著生命樹立其意義與價值的根基（我的生命，某個人的生命）。這就是為什麼昆德拉的小說到頭來總是既道德又形上的荒涼故事。但是這種荒涼又不是毫無掙扎的，換句話說，不是毫無抵抗的，因為主角總是試圖抵抗，想要挽救始終賦予他自身存在、欲望、命運的那種正經——此刻他的存在、欲望、命運正遭受不正經的腐蝕之風攻擊，變得脆弱，有被摧毀的危險。諸如路德維克（《玩笑》的主人翁）、艾德華（〈艾德華與上帝〉的主人翁，《可笑的愛》）或是塔米娜（《笑忘書》的女主人翁），這些人物都是典型的例子。

那是因為生命，那是因為自我、愛情、詩歌、歷史、政治，那是因為一切讓我相信自我，相信世界的東西，這一切都絕對需要正經的事物才能存在。所以，這一切與溶解的力量糾纏著，抵抗著，對立著。以至於全然不正經的存在幾乎是不可能的，或者換一個好一點的說法：那幾乎是某種極點，某種意識的天際線，當然是負面的，不過還是天際線，而且就像所有的天際線一樣，既靠近又遙遠，既清晰又無法觸及。

我們可以說「沒有一句正經話的小說」也是如此。那是一種**絕對**的小說，一種極限的小說，**一種小說的理想**，在某種意義上，對福樓拜（Flaubert）來說就是「不為任何目的存在的書，……只靠它的風格的內在力量自我維繫[2]」，或者對梵樂希（Valéry）來說，是「純粹的詩，」……「詩人的欲望、努力與能力的理想極限[3]」。一如這種純粹的詩中沒有任何散文的痕跡，在昆德拉的純粹小說裡也不再有「非小說的事物」，也就是說不再有「正經的事物」。

然而，正如薇拉所說的「正經的東西」，它保護著小說家，讓他免受那些「等著」小說家的「野狼」的攻擊。但是這「正經的東西」不只保護著小說家，它也保護著野狼，保護著讀者，讓他們免受小說滲出的致命毒素侵襲。在這裡，我們當然會想到昆德拉所說的一切——關於「卡夫卡學」和某些正經得可怕的評論如何扭曲拉伯雷（Rabelais）或海明威（Hemingway）……的作品。但是昆德拉自己的小說的位置在哪裡？到目前為止，薇拉說，「那些正經的東西在保護你」。該怎麼詮釋這種對於《緩慢》之前的作品的「評論」呢？難道《玩笑》、《賦別曲》、《生命中不能承受之輕》這些作品是「正經」的小說嗎？

其實，薇拉的說法恰恰需要以反諷的方式來理解，而非正經：在先前的小說裡，「正經的東西」保護著那些「野狼」，這種「正經」是野狼們自己可以在小說裡找來填飽胃口的，換句話說，這種正經對野狼們來說可以是個幌子，讓他們免除了這些小說本質性的，不正經的，因而

2. 福樓拜，寫給路易絲・柯蕾的信（lettre à Louise Collet），一八五二年一月十六日。
3. 梵樂希，〈一個詩人的備忘錄〉（Calepin d'un poète），《全集》（Œuvres），巴黎，伽利瑪出版社（Gallimard），「七星文集」（Bibliothèque de La Pléiade），一九五七，第一卷，第一四六三頁。

是不可容忍的意涵。譬如，直到《笑忘書》，甚至直到《生命中不能承受之輕》，他們總是可以在讀昆德拉作品的時候，找到一個政治異議分子的感人「見證」來飽足自己；接下來，在《不朽》裡又是另一則「見證」，這次是一個受不了西方民主墮落的老異議分子提出的。如此一來，正經的東西就安全了，野狼們的良知也隨之安全了。

但是這樣的幌子在《緩慢》裡顯然少得多，這本書裡幾乎沒有什麼「想法」或「立場」可以讓人緊緊抓住。在這裡，一切都沉浸在笑與輕的純淨之水裡。我們看的是拉布雷，是狄德羅，是偶戲，是默劇。我們在不正經的世界裡，這裡的不正經赤裸裸的，瘋瘋癲癲，美好，洋洋得意。

3

藉由不正經的小說資源與可能性，《緩慢》在昆德拉的其他小說之後，如是提供了一個新的例證。尤其，這部小說的演奏方式是不正經的兩大**調式**，而這兩個調式的對位組合更是小說作曲方式的關鍵之一。這兩個調式，一個可以叫做**戲謔模仿**調，另一個叫做**田園詩**調。它們對應的是面對不正經的世界的兩種態度，或者說得更正確些，是不正經的事物在生命裡的兩種可能後果。

當然，前者是最明顯可見也是最好笑的。在《緩慢》裡，戲謔模仿調刻劃的是那些聚集在城堡旅館裡的「當代」人物的面貌與故事，於是在入睡的薇拉的身畔，城堡變成了一座劇場，上演著一齣媒體─色情的大鬧劇，高潮迭起，一幕比一幕更滑稽。這裡的喜劇性首先在於人物的不自覺，換句話說，在於人物對他們的處境與命運之不正經的無知。從杜貝爾克到捷克學者，從貝爾柯─殷瑪庫拉妲這一對到樊生─茱莉這一對，所有人都多多少少屬於這個昆德拉的無辜人物蠟像館（弗萊斯曼、艾蓮娜、雅羅米爾、艾德薇姬、蘿拉），這些人行動，這些人思考事情，彷彿他們的生命和他們的人**真的**有他們以為的那麼重要，那麼有意義，這迫使他們不斷地做一些模擬動作——而且是一些惹人發笑的動作——才能在他們自己和別人的眼裡「維持他們的正經」。「舞者」，這些人同時也是作假的人，像是假裝勃起的樊生，像是假裝自殺的殷瑪庫拉妲，像是號召「反叛我們不曾選擇的人類處境」的貝爾柯（還有樊生）。但是在小說的不正經的領域裡，他們的裝模作樣無可避免地成了眾人皆知的笑話的絕妙示範，是騙小孩的把戲的登峰造極。

然而，戲謔模仿並非不正經的唯一面貌，甚至，可能也不是不正經最美的面貌。不正經還有另一個同樣忠實的面貌，在《緩慢》裡，那是T夫人和她的一夜情人（騎士）的面貌，這兩個人物出自維旺·德農的中篇小說，但是卻也屬於典型的昆德拉系列人物，這個系列裡有哈維爾醫生（《可笑的愛》）、中年男人（《生活在他方》），或是那些在他們各自故事終結時幻滅的主角，路德維克（《玩笑》）、阿涅絲

（《不朽》），或是在小狗卡列寧枕邊的托馬斯（《生命中不能承受之輕》）。這些人物的共同特質，在於他們都以某種方式跨越了「邊界」，他們逃離，他們接受自身的命運不具意義。剝除了這些東西之後，這些人物生活在不正經的世界裡，把那裡當成他們的故鄉。

T夫人和騎士都知道，他們的豔情夜沒有明天，也沒有重量。他們並未因此苦惱，他們沒有對人的處境高聲抗議。相反的，他們因為沒有任何重量附著在幽會上而更開心，他們的幽會除了一時的甜美之外別無他物，只有細緻量度的時間流過，只有預先可見的動作和話語伴隨，只有他們永遠難忘的歡愉。沒有明天，沒有深刻的內涵，這絲毫不會破壞他們的歡愉，反而是這樣的因素讓他們的歡愉變得更強烈也更珍貴。

於是有一種寧靜與一種美，結合在不正經之上，一種寧靜與一種美由此誕生，沒有不正經，這種寧靜和美是不可能存在的。這種寧靜和美不是對不正經的一種安慰，而是一種最合適的表現手法，就像我們在華鐸的畫作裡看得到，或是在莫札特（Mozart）的《唐喬凡尼》裡聽得到的那種表現手法。這種手法，這種調式，我把它稱作「田園詩調」以有別於先前的「戲謔模仿調」。但是我們得當心這些詞彙。戲謔模仿與田園詩並不是對立的兩個相反物；它們毋寧是互補，互相支持，也被那觀照著不正經世界和我們生命的同樣精神、同樣意識、同樣目光支持著。在那籠罩T夫人和騎士身畔的神奇夜晚裡，在流過他們腳邊的潺潺河水裡，在他們的愛撫和親吻裡，在這片寂靜裡，在這片緩慢和這片美好之中，笑聲輕盪著。

4

從主題的觀點來看，《緩慢》是以典型昆德拉的手法，架構在一系列對位法之上的。我們不必進入細節就可以說，遊戲是由兩大相似的對

MILAN

KUNDERA

照組形成的，一邊是緩慢，過去，騎士，以「田園詩」的調式處理，另一邊是速度、現在、樊生，「戲謔模仿」的客體。但是還有另一個對照值得在本文的最後一提，因為它會讓昆德拉的「不正經」範疇更清楚，那就是公領域和私領域的對照。

在小說的最後，當騎士在T夫人那兒度過了豔情夜，和樊生短暫相遇之後，他坐著侯爵的馬車上了路，而我們則讀著維旺・德農小說的標題，這幾個字總結了這對情人剛剛發生的一切：**沒有明天**。但是這個句子立刻湊了上來：

沒有聽眾。

換句話說，騎士與T夫人的豔情的完美終結，並不只在於它將沒有後續的事實，也在於它嚴格的私密特質。當然，侯爵知道這件事，T夫人的丈夫也知道，但是這兩個人都不知道T夫人和騎士之間**真正**發生的是什麼。只有這對情人自己知道，他們也知道他們不會告訴任何人。

在十八世紀和二十世紀之間，在《沒有明天》的世界和我們的世界之間，我們不只從緩慢的年代過渡到速度的年代，我們也從秘密的年代過渡到洩漏秘密與炫耀的年代，從「舞蹈」的年代——舞蹈作為在時間、姿勢、話語甚至情感之中側身迴轉的藝術（因為T夫人的夜間儀式正是如此：一個愛情的舞碼）——過渡到「舞者」的年代——舞者作為想要降服世界的一個膨脹的自我的手勢。沒有什麼比這部小說的背景更能呈現這種過渡，這種存在的「革命」了：城堡變成旅館，私人住宅向所有來客開放，私密的場所成了開會的場所。T夫人和騎士，他們在大花園裡漫步，之後躲在四壁都是鏡子的房裡，他們避開了所有的目光：沒有聽眾，沒有人見證。相反的，樊生和所有來開會的人在那裡是為了尋找目光，因為沒有人見證的話，他們的生命就不再有意義。

然而對於目光的需求，也就是需要由他人來確認自己的存在與自己的價值，這更是「不正經」的大敵。泰斯特先生[4]約莫是這麼說的：偉

MILAN KUNDERA

人的第一個錯以及他不是偉人的最明確徵兆，就是他讓人認識了。因為所有的宣傳都要求我把自己送到野狼面前，要求我把他們要求的唯一食糧送給他們——那就是「正經」。「正經」迫我做得彷彿我很相信我白己，「正經」無可避免地把我推入可笑的世界。

T夫人和騎士在他們消逝的世紀深處甚至沒有留下名字。或許他們沒有自我。總之，他們沒有什麼要辯護，沒有什麼要證明，也不需要任何掌聲。他們將自己獨有的價值，置於秘密交流的歡愉之中，置於嘲諷的意識之中，他們知道，他們的愛情遊戲依從的是一份規限著所有情人舞步的樂譜。

4. 保羅・梵樂希，《與泰斯特先生共度的晚上》（*La soirée avec Monsieur Teste*），《全集》，第二卷。

國家圖書館出版品預行編目資料

緩慢/ 米蘭・昆德拉(Milan Kundera) 著; 尉遲秀 譯. -- 二版. -- 臺北市 : 皇冠, 2019.6
面； 公分. -- (皇冠叢書 ; 第4761種) (米蘭・昆德拉全集 ; 11)
譯自 : La lenteur
ISBN 978-957-33-3441-5(平裝)

882.457 108004981

皇冠叢書第4761種
米蘭・昆德拉全集 11

緩慢

La lenteur

作　　者—米蘭・昆德拉
譯　　者—尉遲秀
發 行 人—平　雲
出版發行—皇冠文化出版有限公司
台北市敦化北路120巷50號
電話◎02-27168888
郵撥帳號◎15261516號
皇冠出版社(香港)有限公司
香港銅鑼灣道180號百樂商業中心
19字樓1903室
電話◎2529-1778　傳真◎2527-0904
總 編 輯—許婷婷
美術設計—王瓊瑤
著作完成日期—1995年
二版一刷日期—2019年6月
二版二刷日期—2023年7月
法律顧問—王惠光律師
有著作權・翻印必究
如有破損或裝訂錯誤，請寄回本社更換
讀者服務傳真專線◎02-27150507
電腦編號◎044099
ISBN◎978-957-33-3441-5
Printed in Taiwan
本書定價◎新台幣280元/港幣93元